译文经典

这里的黎明静悄悄

А Зори Здесь Тихие

Б. Васильев

〔苏联〕鲍里斯·瓦西里耶夫 著

白桦熊 译

上海译文出版社

1

171火车分流调度站附近，得以幸免于难的，只有十二座院落，矮小的消防板棚，还有一座修建于本世纪初的、用大圆石堆砌得严丝合缝的长条形仓库。因为水塔在最后一次轰炸中颓然倒塌，火车便不再停留此地。虽然德国人停止了空袭，但敌机每天仍在分流站上空盘旋，为了以防万一，指挥部在这里保留了两架四联高射机枪。

那是1942年的5月。西面（阴冷的深夜时分，隆隆的炮声从那里传来）的战壕已经深挖达两米，敌我双方彻底陷入了阵地战；德国人在东线日夜连番轰炸水道和摩尔曼斯克铁路；北方出海口的争夺战已经白热化；南方被围困的列宁格勒仍然继续艰苦卓绝的抗争。

可这里倒像是疗养胜地。一切风平浪静，因为无所事事，士兵们变得懒散麻木，仿佛整天都在享受桑拿。而那十二座院落里，留守的年轻小媳妇和小寡妇还真不在少数，而且总能变戏法一样搞到家酿酒。来到这里的士兵们头三天先睡个好觉，熟悉情况，到了第四天就挨家挨户地庆祝生日，当地上等家酿酒浓烈的气味在分流调度站的上空总也吹散不去。

分流调度站的指挥官瓦斯科夫准尉成天拉长了脸，不断向上级打书面报告。当报告数量达到十位数时，上级照例先劈头盖脸一通训斥瓦斯科夫，随后便撤走了快活到满脸浮肿的半个排。可事后，指挥官独自勉勉强强支撑了一个星期左右，一切便又精确无误地周而复始，最后准尉也习以为常，干脆把先前的报告重新誊抄一份，只需换一下人数和姓名就可以了。

"你们简直胡闹！"收到最近几份报告后，亲自大驾光临的少校怒斥，"写上瘾啦。好好的指挥官不做，要当个作家！"

"您派些不喝酒的来吧。"看到大嗓门的上级，瓦斯科夫心里就发憷，可他还是固执己见，像个教堂工友般只顾自己唠唠叨叨，"要不喝酒的，还有……不要那什么，就是女人那方面……"

"难道要派太监来？"

"领导心里比我清楚。"准尉小心地试探。

"那好，瓦斯科夫。"向来严厉的少校中了激将法，"就派给你不喝酒的。女人的问题也会考虑周到。不过你听好了，准尉，要是这批人你还是对付不了……"

"是。"指挥官面无表情地答应了。

少校带走了这批经不起考验的高射机枪手，临走时再次向瓦斯科夫保证，肯定会派来一批根本不在乎短裙和家酿酒的人，他们甚至会比准尉本人还要鄙视这些东西。但是，兑现这个承诺看起来似乎并不简单，都已经过去了两周，还不见一个人来。

"问题复杂呀。"准尉对女房东玛丽亚·尼基佛洛芙娜解释，"两个班，差不多得二十个不喝酒的人呢。把整个前线抖搂个遍，我看也不见得……"

可是，他的担忧似乎是没有根据的，因为第二天一大早女房东就来告诉他，高射机枪手到了。可她的语气竟然有些敌意，然而半梦半醒的准尉并没有察觉，他只关心自己忌惮的事情：

"他们有指挥官一起来？"

"不像呀，菲多特·耶夫格拉费奇[①]。"

"谢天谢地！"准尉唯恐有人抢了他指挥官的位置，"要是和别人分权，那就糟透啦。"

"别高兴太早哦。"女房东语焉不详地一笑。

"仗打完了才会高兴吧。"这句话菲多特·耶夫格拉佛维奇觉得自己说得很在理，说完便戴上大檐帽，走了出去。

一出门他就傻了眼：房门前竟然站着两排睡眼惺忪的姑

---

① 耶夫格拉佛维奇说快了的效果。

娘。一开始准尉以为自己还在黄粱梦里，他使劲眨了眨眼睛，可新兵们的军服上，就在连士兵守则也管不着的地方，赫然高耸着张扬的坚挺，千真万确。而船形军帽底下，肆无忌惮地钻出各种色彩和样式的鬈发来。

"准尉同志，高射机枪独立营五连三排一班和二班前来守卫目标，听候您的命令。"班长连珠炮般生硬地汇报，"副排长基里亚诺娃向您汇报。"

"原来——这样啊。"准尉拖长了语调，完全忘了回复要符合守则的规定，"原来，这就是他们找的不喝酒的啊……"

他挥着斧头砍了整整一天，他要在消防板棚里搭几张板床，因为女高射机枪手们不同意去别人家借宿。姑娘们帮着搬木板，放到他吩咐的地方，像喜鹊一样叽叽喳喳叫个不停。准尉阴沉着脸全当作没听见，生怕损害了威信。

"没有我的允许，不准走出驻地一步。"等到一切收拾停当，他宣布。

"去采浆果也不行吗？"一个身材结实的姑娘怯生生地问道。瓦斯科夫早就注意到她，觉得她应该会是最明事理的帮手。

"浆果还没长出来呢。"他说，"红莓大概有了。"

"那野菠菜能去采吗？"基里亚诺娃来了兴致，"没有热菜可不行啊，准尉同志，我们会瘦的。"

菲多特·耶夫格拉佛维奇瞟了一眼那几件紧绷绷的军服，似乎有些疑惑，不过还是允许了：

"但是不准过河。刚好河滩上这些东西全都有。"

分流调度站上终于一切安顿妥当，可指挥官却没能轻松下来。女高射机枪手们竟然个个都是调皮活泼的小丫头片子，喜欢吵吵闹闹。这让准尉无时无刻不觉得，在自己家里反倒变成了客人。他生怕一不小心说错了话，做错了事。至于进屋不敲门的老习惯，现在想都不敢想。要是他一时大意忘了敲门，警报般的尖叫就会瞬间把他抛回原地。不过最让菲多特·耶夫格拉佛维奇害怕的，莫过于有人暗示或者开玩笑，说他会借机献殷勤。所以他走路总是低着头，两眼不离地面，就像丢了当月的军饷一样。

"您就别这么愁眉苦脸的啦，菲多特·耶夫格拉费奇。"女房东察觉到了他对女下属们的态度，"她们私下里可称呼您小老头呢，所以，该有的做派您还是要有的。"

菲多特·耶夫格拉佛维奇今年春天才刚满三十二岁，他绝不同意把自己看作老头。不过思忖良久，他最终得出一个结论，女房东之所以这么说，只不过是她为了巩固自己的地位而耍的心机。她好不容易在一个春天的深夜逮到了机会，融化了指挥官心中的寒冰，如今自然要拼命守护已经征服的领地。

每天夜里，女炮手们热情高涨，八管齐鸣，痛痛快快地射击过往的德国飞机，可一到白天就没完没了地洗洗涮涮。消防板棚周围总是晾晒着一些大大小小的破布。准尉看不下去了，觉得这样的装饰实在有碍观瞻，于是便简单扼要地通报基里亚诺娃中士：

"这东西会暴露目标的。"

"可是有命令啊。"她不假思索地顶撞。

"什么命令？"

"相关命令。说得明明白白，允许女性军人在任何前沿阵地晾晒内衣。"

指挥官哑口无言。随她们去吧，这些小丫头片子，去她们的！只要一搭理她们，就能嘻嘻哈哈笑话你到秋天……

好几天都是暖和的天气，没有风，蚊虫便成群地大肆繁衍，要是手里不拿一根小树枝，简直寸步难行。不过这倒还不稀奇，军人手里拿一根小树枝也完全正常。可是没过多久，指挥官不管走到哪个角落，都得清一下嗓子，咳嗽几声，活脱脱一个名副其实的老头子，这形象就实在太不像话了。

这种状况始于五月那个酷热的白天。他不经意间拐过仓库，立刻便傻了眼。八具丰满而又弹性十足的胴体蓦地映入眼帘，只见洁白的躯体一个个排开，全都不着寸缕，格外地刺眼。瓦斯科夫顿时全身火烧火燎。原来整个班的女兵都在下士奥夏宁娜的带领下，一丝不挂地躺在库房的防水帆布上晒日光浴。哪怕为了保全体面尖叫起来也行啊，可是她们并没有。她们把鼻子严严实实藏进帆布，就是不吭气儿，菲多特·耶夫格拉费奇只好倒退着逃走，就像一个跑错了菜园子的孩子。就是从那天起，他走到哪里都要咳嗽，活像一个患了百日咳的病人。

其实这个奥夏宁娜早就引起了他的注意：一脸正经。从来没见她笑过，有时候眼看着她嘴唇刚稍微一动，两眼却又立刻恢复了原先的神情。看来奥夏宁娜是个古怪的女人，出于谨慎起见，菲多特·耶夫格拉费奇便怂恿女房东去打听，虽然他明白，这件差事肯定不会让她开心。

"她是个寡妇。"一天后，果然玛丽亚·尼基佛洛芙娜咬着嘴唇来汇报，"正儿八经的单身女人呢，这下您可以放心去调情了。"

准尉没吭声，反正跟婆娘也没什么道理可讲。他拿起斧子，来到院子里。再也没有比劈柴的时间更适合思考了。需要考虑的事情已经积累了一大堆，也该一桩桩理清楚了。

嗯，当然啦，当务之急是纪律。好吧，战士们不喝酒，也不和女性居民眉来眼去，这都是好事儿。可实际上，简直一团糟呀。"柳达、维拉、卡琴卡，快去放哨! 卡佳，你负责派岗。"

这算什么军令? 根据士兵守则，派岗放哨从头到尾都必须严词厉色。可现在却成了彻头彻尾的笑话，一定要彻底纠正过来，可怎么纠正? 他尝试过和带队的基里亚诺娃谈这个问题，可对方的回答每次都一样:

"我们是得到允许的，准尉同志。司令员允许的。亲自批准的。"

又挖苦人，见鬼了……

"菲多特·耶夫格拉费奇，你好卖力呀! "

他一回头，只见女邻居波利娜·耶果洛娃正朝院子里张望。所有居民里，就数她最放荡。上个月竟然连着办了四次生日宴会。

"你可别太辛苦了哟，菲多特·耶夫格拉费奇。如今我们就剩你一个男人了，要留着配种呢。"

说完哈哈大笑。只见她敞着领口，妙不可言的波浪几乎要涌过篱笆栏，宛如两块刚出炉的圆面包。

"你现在得像牧人一样挨家挨户上门了。这星期待在这家，下星期待在那家。我们几个婆娘已经商量好，就这么把你分摊啦。"

"你啊，波利娜·耶果洛娃，要点脸吧……你到底是军属啊，还是什么小骚货？行为举止要检点。"

"耶夫格拉费奇，打起仗来才不会计较呢。士兵也好，士兵老婆也好，都会一笔勾销的。"

这人真是没救了！必须把她撵走，可又怎么撵？民政局的人呢，跑哪儿去啦？她又不归他管。这个问题，他和那个成天大喊大叫的少校也通过气了。

是啊，千头万绪在脑子里已经积攒了有两立方土那么多，恐怕还不止。而且每一件事情都得花心思去解决。花很大心思。

毕竟他没有文化，这是一个大麻烦。虽然他会写会读，也会算数，可仅限于四年级的程度。因为恰好在四年级末，他的父亲被一头熊拍死了。这事情要是被那些小丫头们知道，又要被她们笑话不可。听起来就可笑，不是因为参加世界大战被毒气毒死，不是因为参加国内战争被刺刀刺死，也不是被富农的短枪打死，甚至不是寿终正寝，而是被一头熊拍死了。这些丫头们，恐怕只有在动物园的栅栏笼子里才见过这样的大熊吧……

你啊，菲多特·瓦斯科夫，你本就生在穷乡僻壤，好不容易才爬上指挥官的位置。可她们，别看只不过是列兵，可她们懂科学啊。什么前置量、平方、偏差角……恐怕要读到七年级吧，说不定得读完所有九年级呢，这从她们的言谈举止就能看出来。九年减去四年，也还有五年。看来，他现在的水平，还比不上和她们的差距多呢……

越想心里越别扭，瓦斯科夫一边劈着柴，火气也越来越大。可又能怪谁呢？难道怪那头不懂事的熊……

说来也怪，此前他的日子过得还算顺心。当然谈不上好运连连一手王牌，但也没什么可抱怨的。毕竟连四年级都没读完，还能在团属学校毕了业，服役十年还熬到了准尉头衔。顺顺当当一路走来，并没有什么挫折。但是其他方面，命运却处处掣肘，甚至接连两次开足火力给了他致命的打击。但菲多特·耶夫格拉费奇好歹挺了过来。挺过来了……

芬兰战争①爆发前不久，他娶了一个警备医院的卫生员。那小婆娘活泼开朗，一天到晚不是唱歌就是跳舞，还经常喝小酒。后来总算生了个大胖小子。小名叫伊戈廖克，大名是伊戈尔·菲多特奇·瓦斯科夫。偏偏这时，芬兰战争爆发了，瓦斯科夫奔赴前线。等他戴着两枚军功章凯旋时，命运给了他当头第一棒。当他还在雪地里摸爬滚打的时候，老婆就和团里的兽医颠鸾倒凤，最后竟然私奔逃去了南方。菲多特·耶夫格拉费奇二话不说便和她离了婚，要求法院把孩子判给他，并把孩子送去乡下，让母亲照顾。可一年后，孩

---

① 指第二次世界大战期间苏联与芬兰爆发的战争。1939年11月30日，苏联向芬兰发动进攻，最终惨胜芬兰，令其割让与租借部分领土。而后于1940年3月13日双方签订《莫斯科和平协定》。

子夭折了。自那时起，瓦斯科夫的脸上只笑过三次。一次是颁奖时冲着将军笑，一次是取出肩头的弹片时冲着大夫笑，第三次笑容给了女房东玛丽亚·尼基佛洛芙娜，因为她读懂了他。

正是因为那块弹片，他才得到了现在的职位。仓库里多少还留存了一些物资，但是没有专人值守。不过，既然他占着指挥官的职位，那么委托他看管仓库也就顺理成章了。准尉每天围着仓库巡查三次，检查门锁，盖章，每次在亲手准备的值勤本里写下同样的文字：仓库已检，完好无损。当然，还会标明巡查时间。

瓦斯科夫准尉一直都太太平平地履职。那天以前几乎天天如此安静，可现在……

准尉深深叹了口气。

2

　　战争前发生的所有事情，令丽塔·穆什塔科娃①记忆犹新的，只有那次学校里的晚会。那天是与边防英雄联欢。虽然来参加晚会的不是卡拉楚帕②，带来的小狗也不叫"印度人"，可是丽塔的印象中，那天的晚会仿佛才刚散场，腼腆的奥夏宁中尉依然在身边，陪伴她走在边陲小镇的木板人行道上，脚步声传出很远。那时候的中尉还不是什么战斗英雄，只是机缘凑巧，才成了出席晚会的代表团成员，从头到脚无不拘谨。

　　丽塔也不是胆大活泼的人。她坐在大厅里，既不参与欢迎仪式，也不主动表演节目。她宁愿坐穿几层楼板，钻进大老鼠乱窜的地窖，也不愿意主动和不到三十岁的来宾搭讪。她和奥夏宁中尉只是偶然坐到了一起，两个人一动也不敢动，都直愣愣地盯着前方。后来学校的机灵鬼们组织玩游戏，他俩刚好成了搭档。后来大家抓阄，抓到了跳华尔兹，他俩又一起跳了舞。再后来两个人挨着站在窗边。再后来……是的，后来他就送她回了家。

　　可丽塔竟然胆大妄为地耍了一个花招，领着他绕了最远的一条路。可他还是一言不发，抽了一路的烟，而且每次点烟都会害羞地请求她允许。正是这种羞怯，让丽塔的芳心彻底沦陷了。

道别的时候，他们甚至连手都没有握，而只是彼此点了点头，便分了手。中尉去了边关，每周六会给她写一封简短的信。而她则每周日回复一封长信。就这样一直到了夏天，他六月份放假三天，来到了小镇。他说，边境的情况不太平，以后不会有假期了，所以必须马上去民政局登记结婚。丽塔丝毫没有感到意外，可民政局的官僚们却拒绝了他们的婚姻登记，因为丽塔距离满十八周岁还差了五个半月。于是两个人便去找了城防司令员，接着又马不停蹄地去拜见她的父母，最终如愿以偿。

丽塔是班级里第一个出嫁的。她嫁的可不是什么普通人，不但是个红军军官，而且还是边防军人。世上根本不会有比她更幸福的姑娘了。

到了边关，她立刻被选进了妇女委员会，参加了所有活动小组。丽塔学习了包扎伤员，所有种类的枪支射击，马术，投掷手榴弹和毒气防护。一年后，她生下一个男孩子

---

① 穆什塔科娃是奥夏宁娜出嫁前的娘家姓氏。

② 尼基塔·费奥多罗维奇·卡拉楚帕（1910—1994），苏联英雄，苏联边防军上校。杰出的边防战士，也是出色的驯狗师，曾将一条被遗弃的小狗驯养成优秀的军犬，并取名为"印度人"。

（取名阿尔贝尔特①，小名阿利克）。又过了一年，战争爆发了。

战争打响的第一天，她并没有像大多数人那样惊慌失措，而是保持了镇定。虽然她本来就是沉着而又理智的人，但在当时能镇定自如，说明她早已枕戈待旦。丽塔五月份就把阿利克送回了父母家，所以能立刻投入救治他人子弟的工作中。

哨所坚守了十七天。无论白天还是深夜，丽塔都能听到远远传来的枪炮声。只要哨所在，那就有希望，丈夫还活着的希望，希望边防军能坚守到大部队到来，与援军并肩作战，以牙还牙打击敌人。哨所的人非常喜欢唱一首歌："夜色降临，黑暗淹没了边陲，没有人能越境，绝不让敌人的猪嘴，拱进我们苏联的家园……"可是一天天过去，增援部队一直没有来，到了第十七天，哨所沉寂了。

丽塔本来被安排转移到后方，可她却执意要求参加战斗。大家赶她走，强行把她塞进了加温车②。可九头牛也拉不回这位哨所副所长奥夏宁上尉的妻子，她第二天又出现在了防区司令部。最终只好安排她当了卫生员，半年后她被派去团部高射机枪学校学习。

---

① 阿尔贝尔特虽然是俄罗斯男性名字，但起源于二十世纪初期德国。
② 二战时期生炉取暖运输旅客的货车。

其实奥夏宁上尉在开战后第二天清晨的反击战中就已经牺牲。可直到七月，一位边防军士奇迹般从失守的哨所突围出来，丽塔才从他的嘴里获悉这个消息。

上级领导非常欣赏这位不苟言笑的边防英雄的遗孀，不仅通报表扬，还把她树立为典型，所以也尊重她本人的请求，学校毕业后将她分派到了原哨所所在地，她的丈夫曾在那里浴血奋战，也在那里牺牲。前线此时已经稍向后退，紧倚在湖边，没入了丛林，潜入地下，隐身于原哨所和那座小城之间的地带。当年奥夏宁上尉就在这座小城里邂逅了一个九年级 A 班的女学生……

如今丽塔可以心满意足，因为她的愿望终于得以实现。甚至丈夫的牺牲也已隐退到记忆最深处的角落里。丽塔有工作，也有职责，更有了完全切实的复仇目标。不过她已经学会冷静而又冷酷地仇恨，虽然她还没能如愿击落一架敌机，但好歹打穿了一个德军热气球，亲眼看着热气球爆燃，缩成一团，校正手从吊篮里纵身跳下，像一块石头般坠向地面。

"开火啊，丽塔！开火呀！"女炮手们大呼小叫。

可丽塔却等候着，十字准星丝毫没有偏离下坠的小黑点。等到德国人接近地面，一把扯开了降落伞环，伞包被甩开时，她才稳稳当当地扣动了扳机。四根枪管轮番射击，干净利落地割裂了黑色的身影。姑娘们兴奋地欢呼雀跃，亲吻她，可她却笑得僵硬而又勉强。事后她浑身哆嗦了一整夜。副排长基里亚诺娃一边喂她喝茶，一边安慰道：

"会过去的，小丽塔。我杀死第一个敌人的时候，自己差点没吓死，真的。做了一个月的噩梦，畜生……"

基里亚诺娃是个战斗经验丰富的丫头。早在芬兰战争时期，她就背负救生包连滚带爬冲在第一线，因此得过荣誉勋章。虽然丽塔钦佩她的个性，但也没有和她特别亲近。

不过，丽塔一直都鹤立鸡群。她的班里全是年轻的女共青团员。倒不是因为她们的年龄都比她小，不是，关键是她们都还不懂事。她们既不懂爱情，也不理解母性，更没有体验过真正的痛苦和喜悦。她们聊起天来唾沫四溅，聊的不是年轻的中尉们，就是聊接吻，可丽塔如今已经反感这些话题。

"睡觉去！"每次听到这种爱情宣言，她便断然呵斥，"再让我听见有谁胡说八道，就去站几个小时岗，索性站个够。"

"何苦呢，小丽塔。"基里亚诺娃拿腔作势地责备她，"就让她们聊去吧，挺好玩呀。"

"要是正经谈恋爱，我没话说。可这算什么，背地里偷偷摸摸发情，我理解不了。"

"那你就给她们做个榜样吧。"基里亚诺娃讪笑道。

丽塔顿时哑巴了。她无法想象这种事情还会在她身上发生，因为男人对她而言已经不存在了。她曾有过一个男人，战争爆发后的第二个黎明，他在边防军一个接一个倒下的哨所里浴血奋战。打那以后，就像有根皮带勒住了她，紧紧地勒到最后一个孔眼。

及近五月时分，终于有了战果：她们与几架灵活迅猛的麦塞施米特战机①进行了两个小时的鏖战，德国人背对阳光一次又一次俯冲下来，密集的炮火雨点般洒向四联机枪。一名女弹药手阵亡。这个姑娘胖乎乎的，长得不算漂亮，鼻子翘翘的，平时嘴巴里总是偷偷地嚼着什么。另有两个姑娘受了轻伤。部队政委来参加葬礼，姑娘们痛哭失声，下葬时鸣枪致哀。结束后，政委把丽塔叫到了一边：

"班里该增员了吧。"

丽塔没说话。

"你们班战斗力很强啊，玛格丽特②·斯捷潘诺夫娜。身处前线的女人，您自己也知道，怎么说呢，可非常惹眼啊。会有人把持不住，这样的情况时有发生。"

丽塔还是没说话。政委跺了跺脚，抽起了烟，接着压低了声音说：

---

① 德国战斗机。
② 玛格丽特是丽塔的大名。

"司令部有个指挥官，而且还是成了家的人，竟然给自己，这么说吧，找了个女朋友。军事委员会成员知道这事儿后，严厉训斥了这位上校，还命令我给他的那位女朋友，这么说吧，找一份差事。派到一个战斗力强的集体去。"

"那就来吧。"丽塔说。

一大早，丽塔看到了新兵，便觉眼前一亮：高挑的个子，红褐色的头发，雪白的皮肤。可一双眼睛却透着孩童般的天真，绿莹莹，又大又圆，就像两盏小茶碟。

"战士叶甫盖尼娅·科梅利克娃前来向您报到……"

那天刚好是蒸汽浴的日子，轮到姑娘们洗时，她们在更衣间里打量新来的女兵，仿佛看到了下凡的仙女：

"冉卡[①]，你简直就是美人鱼呀！"

"冉卡，你的皮肤简直是透明的呀！"

"冉卡，你简直就是雕塑模特呀！"

"冉卡，你简直可以不戴胸罩呀！"

"噢，冉卡，该送你去博物馆呀！站在玻璃橱窗里，脚踩黑色天鹅绒……"

"这婆娘是个苦命人哟。"基里亚诺娃叹了口气，"那么好的身材，偏偏包在了军装里，真不如干脆死了更痛快呢。"

---

① 冉卡和后文中的冉妮娅都是叶甫盖尼娅的爱称。

"是个美人儿。"丽塔小心翼翼地润色她的话,"红颜从来多薄命嘛。"

"你是在说自己吧?"基里亚诺娃笑了笑。

于是丽塔不再说话。不行,她和副排长基里亚诺娃就是做不了朋友,无论如何做不了。

可是她却和冉卡交上了朋友。而且非常自然而然,事先没有任何准备,也没有任何试探。丽塔一下子就把自己的经历全都告诉了她。本想委婉责备她的同时,也展现一下自己的榜样,再自夸两句。可冉卡既不表示怜悯,也没有流露同情,而是利落地直奔主题:

"那么说来,你也有一本难念的经啊。"

话既然挑明,尽管丽塔对上校的事情知道得一清二楚,也只好顺势问下去:

"你也有吗?"

"我现在孤身一人。妈妈,妹妹,小弟弟,全都死在机枪下。"

"是扫射吗?"

"一个个打死的。他们把指挥官的家属们都抓起来,用机枪处决。住在对门的爱沙尼亚女人把我藏在她家里,可我全都看见了。全都看见了!妹妹最后一个倒地,还被专门补了几枪……"

"那么，冉妮娅，上校是怎么回事？"丽塔小声问，"你怎么能这么做啊，冉妮娅？"

"我愿意！"冉卡一甩蓬松的红发，挑衅般问道，"你想现在就教训我，还是等到熄灯后？"

说来也怪，冉卡的命运竟然使丽塔不再特立独行了！丽塔仿佛悄然解冻了，仿佛受到什么震动，内心变得柔软了。她甚至时不时开心大笑，甚至还和姑娘们一起唱歌。但只有和冉卡单独相处时，才会真正表现自如。

红头发的科梅利克娃虽然有过那么多悲惨的经历，可她却格外擅长与人交往，而且还很调皮。一会儿随意找个中尉挑逗一番，让对方窘迫得无地自容，以此逗全班姑娘开心；一会儿在休息的时候，伴随姑娘们"啦——啦"的歌声，跳一支专业正规的吉卜赛舞；一会儿又心血来潮讲一段爱情故事，让人听得入神。

"冉卡，你该登台演出才对呀！"基里亚诺娃感叹，"这么个天仙一样的婆娘简直浪费了！"

就这样，丽塔严防死守的孤独世界被冉卡抖搂得支离破碎，最终土崩瓦解了。班里有个邋里邋遢的姑娘，名叫嘉丽娅·切特维尔塔克。骨瘦如柴，尖尖的鼻子，梳两根麻花辫，胸脯像个男孩子一样平平坦坦。冉卡在澡堂里把她搓得褪了一层皮，重新打理了一个发型，又量着体型改了一下军装，嘉尔卡①立刻脱胎换骨一般焕然一新。不但两只眼睛忽闪起来，脸上绽放了笑容，就连小胸脯也像蘑菇般破土而出。从此以后，嘉尔卡便像小尾巴一样形影不离地跟着冉卡，她们三人就这样成了铁杆：丽塔、冉卡和嘉尔卡。

向防区撤离的消息从前沿阵地传来，女射击手们全都闹哄哄地抵触。只有丽塔没有说话，她赶紧来到司令部，看了看地图，问清了详细情况，便说：

"派我的班去吧。"

姑娘们大感意外，冉卡更是造起反来。可到了第二天早晨，她却突然改弦更张，竟然动员大家赶紧出发。为什么会这样，究竟发生了什么事，谁都猜不透。但大家谁也没说话，既然冉卡这么做，那就一定有道理，大家都信任冉卡。于是大家马上停止了议论，开始收拾行囊。当众人驻扎到171火车分流站以后，丽塔、冉卡和嘉丽娅突然开始喝茶不加糖了。

三个夜晚过去后，丽塔从驻地消失了。她轻巧地闪身溜出消防板棚，影子般穿过分流调度站，融化在露水如小雨般嘀嗒的杨树林里。沿着荒芜的林中小径，她走上了公路，拦下了第一辆过路的载重车。

"出远门吗，美人儿？"长着小胡子的准尉问她。夜里

---

① 嘉丽娅的爱称。

经常会有汽车赶往后方拉物资，而押运人员从来不会自觉遵守军规和士兵守则。

"能捎我去城郊吗？"

货厢里便有人伸出手来。不等驾驶员允许，丽塔便蹬上轮胎，纵身一跃跳上了车。大家让她坐到防水帆布上，还递给她一件棉衣。

"打个盹儿吧，丫头，一个小时呢。"

清晨，她又回到了驻地。

"丽达，拉娅，快去换岗！"

没人看见她进进出出，可基里亚诺娃却知道了，因为有人向她汇报了。她什么都没说，只是心中冷笑：

"这傲慢的婆娘，肯定找到了相好。随她去吧，没准以后就不那么清高了。"

于是她对瓦斯科夫只字未提。不过，姑娘们本来就不害怕瓦斯科夫，丽塔更不怕他。本来嘛，成天像个长满青苔的树墩子，在分流调度站里晃来晃去。嘴里颠来倒去就那么二十个词儿，而且还都是士兵守则里的。谁会把他放在眼里？

不过规定就是规定，军队里尤其如此。而这项规定就明确要求，除了冉卡和嘉尔卡·切特维尔塔克以外，不能让任何人知道丽塔夜间外出的事情。

于是，白糖、行军菜饼、黄米压缩饼，有时候还有几个焖肉罐头，蚂蚁搬家一样被送往小镇。丽塔几次得手后胆子越来越大，每星期竟接连两三次外出，很快变得脸颊发黑，人也消瘦下来。冉卡贴着耳朵嗔怪她：

"别太过头了，你这个当妈的！万一撞上巡逻队，或者被哪个指挥官发现，你就完蛋了。"

"别瞎说，冉卡，我的运气好着呢！"

看她幸福得两眼直放光，谁还忍心板着脸训斥这样的人？冉卡不由心软了：

"唉，小心点吧，丽特卡①！"

丽塔很快就从基里亚诺娃的眼神和一阵阵冷笑里猜到，基里亚诺娃已经知道了她夜间偷跑出去的事情。这种时不时地冷笑狠狠刺痛了她，仿佛她真的背叛了自己的中尉丈夫一样。她阴沉了脸，想要回击，让对方闭嘴，可冉卡拦住了她。冉卡抓住她，把她拖到一边：

"别理她，丽塔，她爱怎么想就怎么想！"

丽塔顿然醒悟，对呀，她想得再龌龊都无所谓呀，只要她不走漏风声，不添乱，不向瓦斯科夫报告就可以啊。不然他烦起人来，会啰嗦个没完，让人头昏脑涨。这是有过先例的。有一次，准尉在河对岸逮到了二班两个结伴出行的姑娘。从午饭到晚饭，训了整整四个小时的大道理，一字不差

①　玛格丽特的爱称。

地援引士兵守则、条例、规定。训得两个小姑娘泪雨滂沱，此后别说去河对岸了，就连院子也不敢迈出一步。

可基里亚诺娃毕竟还保持着沉默。

正值轻风不扬的白夜。从晨曦到次日晨曦，似乎一直都是漫长的黄昏，遍地旺盛饱满的青草，四处弥漫着浓郁的芬芳。女机枪手们在消防板棚边唱歌，一直唱到鸡叫第二遍。丽塔现在只躲着瓦斯科夫一个人，她每隔两夜出去一次，吃完晚饭就出门，第三天一大早趁大家还没起床就回来。

每次徒步的回程是丽塔的最爱。因为此时再也无需担心会被巡逻队逮个正着，可以把靴子系起来搭到肩后，无拘无束地光着脚，啪啪地踩在冰凉刺骨的露珠上。她一边漫步，一边回想这次团聚，想着母亲没完没了的抱怨，一边计划着下一次擅离职守。想到以后每次与家人团聚都能自己安排做主，不用请示或者几乎不用请示他人，丽塔的幸福感便油然而生。

可现在是战争时期，而战争按照自身的意愿摆布每个人的生活，所以人们的命运也变得错综复杂而又不可理喻。虽然顺利瞒过了太平无事的 171 分流调度站的指挥官，可玛格丽特·奥夏宁娜下士做梦都不会想到，帝国纳粹保安处 C219/702 号指令已经盖上了"限发指挥部"的鹰章，签署完毕，并且已经付诸执行了。

3

这里的黎明静悄悄的，真安静啊。

丽塔光着脚啪啪地走着，两只靴子在背后一颠一颠。浓雾从沼泽地升起，两脚冻得冰凉，衣服也被打湿。可丽塔想到，马上就能看见分流调度站前常坐的树墩，可以穿上干燥的裤袜，穿上靴子，心里便一阵兴奋。而现在抓紧赶路，是因为先前拦顺路的汽车花了太多时间。那位瓦斯科夫准尉总是天还没亮就起床，第一件事情便是去摸一下仓库的门锁。而丽塔刚好要走过那里，她常坐的树墩离板棚的原木墙只有两三步之遥，就在灌木丛后面。

再拐两个弯就到树墩了，然后便能一径走出杨树林。可丽塔刚拐过第一个弯，便惊得愣住了，前方路上竟然站着一个人。

那个人正回头张望。只见他身材魁梧，穿着迷彩斗篷雨衣，背部高高地凸起。右手提一个用皮带捆绑扎实的长圆形包，胸前挎着自动步枪。

丽塔闪身躲进了灌木丛，灌木抖动了一下，洒了她一身露水，可她却没有感觉到。她屏住呼吸，透过稀疏的树枝观察陌生人。那个人一动不动，拦住了她的去路，仿佛梦中的幻影。

接着，林子里走出第二个人，个子稍矮，胸前同样挎着自动步枪，手里提着一模一样的小包。两个人一言不发地径直朝她的方向走来，系着绑带的高筒靴踩在挂满露珠的青草上，听不到一点声音。

丽塔把拳头塞进嘴里，牙齿咬得手生疼。千万不能动，千万别叫出声来，千万不能不顾一切跳出树丛！两个人从她身边走了过去，边上那个人的肩膀擦到了她藏身的灌木树枝。他们默默地走了过去，悄无声息，就像两条影子。转眼便不见了。

丽塔又等了一会儿，见不再有人，这才小心翼翼钻了出来，越过小路，一头扎进另一边的灌木丛，凝神细听。

什么声音都没有。

她上气不接下气地冲了出去，靴子拍打着她的后背。她已顾不得伪装，飞奔穿过小村，把美梦中睡意正酣的门砸得山响：

"指挥官同志！准尉同志！……"

门终于开了。瓦斯科夫站在了门槛上，身穿马裤，脚踩拖鞋，没穿袜子，贴身的粗布衬衫勒着束带。惺忪的眼睛眨巴着。

“什么事？”

“林子里有德国人！”

“是吗……”菲多特·耶夫格拉费奇困惑地眯起眼睛：又要捉弄我吧。“哪来的消息？”

“我亲眼看见的。两个人。有自动步枪，穿伪装服……”

不，不像是瞎说。看眼神似乎吓坏了。

“在这儿等一下。”

准尉一阵风般进了屋。又拉又拽地套上靴子，像救火一样匆匆忙忙披上军服。女房东只穿了衬衫坐在床上，惊得张大了嘴巴。

“你这是干什么，菲多特·耶夫格拉费奇？”

“没什么。和您没关系。”

他冲到外面，匆忙中勒紧一侧挂着左轮手枪的皮带。奥夏宁娜站在原地，靴子仍然挂在肩头。准尉不由自主地看了看她的脚。两脚已经通红，湿漉漉的，大脚趾上还粘着一片陈年枯叶。看样子，她刚才还光着脚在林子里闲逛，靴子也挂在背后。就这副模样，还想要打仗呢。

“下达命令。全副武装，战斗警报！让基里亚诺娃来找我。快！”

于是两人立刻分头跑去找人。小丫头跑去了消防板棚，他自己则跑向铁路扳道房。他去那里打电话，线路一定要畅通啊！……

"'松树'！'松树'！……哎呀，我的妈呀！……要么还在睡觉，要么就是断线了……'松树'！'松树'！……"

"我是'松树'。"

"我是十七号。请接三号。有紧急情况，十万火急！"

"这就接，别嚷。就他那里，还有十万火急呢……"

听筒里沙沙响了半天，又有人哼哼，然后才有一个声音远远地传来：

"是你吗，瓦斯科夫？你们那里怎么了？"

"是我，三号同志。驻地附近的树林里有德国人。今天发现了两个……"

"谁发现的？"

"下士奥夏宁娜。"

这时基里亚诺娃走了进来，连船形军帽也没戴。她只是点了点头，就像来上晚班一样。

"战斗警报已下达，三号同志。我想去林子里搜查一下。"

"别着急搜查，瓦斯科夫。先好好考虑清楚了，就这么丢下防卫目标不管，人家不会夸你聪明的。你那里的德国人，长什么样？"

"说是穿着伪装服，有自动步枪。是侦察兵吧，我觉得。"

"侦察兵？就你那里，有什么好侦察的？侦察你怎么搂着女房东睡觉？"

每次都这样，错的总是瓦斯科夫。大家都喜欢拿瓦斯科夫取笑。

"怎么不说话啦，瓦斯科夫？你在想什么呢？"

"我想，该把他们抓起来，三号同志。趁他们还没走远。"

"你说得对。队伍里挑五个人，趁线索还没断，赶快追上去。基里亚诺娃在你那儿吗？"

"在这里，三号同志……"

"让她接电话。"

基里亚诺娃答复得简明扼要，说了两次"好的"，还连着说了五次"是"。放下电话，她切断了联线。

"命令拨给您五个人。"

"把那个发现德国人的给我。"

"奥夏宁娜担任小分队队长。"

"那就这样，列队吧。"

"已经列队完毕，准尉同志。"

这也算列队，实在让人看不下去。有的长发马鬃一样，垂到腰际；有的头上还粘着碎纸片。好歹是征战沙场的军人啊！竟然要和这么几个人去搜索树林，去抓有自动步枪的德国人。而且，她们手里拿的还是1891年就开始生产的土枪，1930年已经不再生产……

"稍息……"

"冉妮娅，嘉丽娅，丽莎……"

准尉皱起了眉头：

"等一等，奥夏宁娜！我们是去抓德国人，不是去捕鱼。好歹，要会开枪吧。"

"她们会。"

瓦斯科夫本想挥挥手，突然想起一件事来：

"对了，还有。有人会说德语吗？"

"我会。"

队列里有人尖声细气地应道。菲多特·耶夫格拉费奇终于忍不住发起火来：

"什么——我？什么叫——我？要正常报告！"

"战士古尔维奇。"

"嚯——嚯——嚯！举起手来，他们怎么说？"

"亨德霍赫。"

"很好。"准尉挥挥手，"好吧，古尔维奇，你一起去。"

五人小分队就这样集结完成。她们一个个孩子般满脸严肃，似乎还看不出惧意。

"这次行军，满打满算，估计要两昼夜。带上定量的干粮、子弹……每人五个弹匣，装满子弹……嗯，先去吃顿饭，听好了，要吃饱喝足。靴子要穿得像个人样，把自己收拾齐整，准备充分。限四十分钟，全都准备好。解——散！……基里亚诺娃和奥夏宁娜，跟我来。"

趁战士们吃早饭和做出发准备工作的时间，准尉把两位军士带到自己屋里开会。还好，女房东已经溜出去了，可是床铺还没来得及收拾。两个枕头靠在一起，亲亲热热的样子……菲多特·耶夫格拉费奇给两位军士盛了稀粥，便仔细查看起一张三俄里比一英寸的旧地图来，地图早已磨损得坑坑洼洼。

"那么说，你是在这条路上碰见的？"

"就是这里。"奥夏宁娜用手指轻轻按了按地图，"他们从我身边经过，朝公路方向走去。"

"朝公路方向？……那你凌晨四点在树林子里干什么？"

奥夏宁娜没说话。

"不就是起夜嘛。"基里亚诺娃替她解释，眼皮都没抬一下。

"起夜！……"瓦斯科夫火冒三丈，明摆着是撒谎！

"要起夜，我亲手给你们搭了厕所。难道还装不下你们几个？"

两个人顿时沉下脸来。

"准尉同志，您不是不知道，有些问题女人可以不用回答。"还是基里亚诺娃。

"这里没有女人！"指挥官高声训斥，手掌甚至轻轻拍了拍桌子，"没有！只有战士，还有指挥官，懂吗？现在是战争时期，只要仗还没打完，我们所有人都是中性的。"

"怪不得，您的被窝到现在还散乱着呢，中性准尉同志……"

哈，这个牙尖嘴利的基里亚诺娃啊！一句话：没救了。

"你说，往公路方向去了？"

"往那个方向……"

"他们要是想去公路就见鬼了。那里两边的林子芬兰战争时期就已经砍光了，到了那里就会劈头盖脸挨打。不，基层指挥官同志们，他们不是想去公路，不是去公路……你们干吗不吃，快吃啊。"

"当时又是灌木丛，又是大雾。"奥夏宁娜说，"我只是觉得……"

"要是有了幻觉，就该画十字。"指挥官嘟囔着说，"你说，他们拿着小捆包？"

"是的，而且，看样子还挺重。都是用右手提着。包扎得很整齐。"

准尉卷了一支烟，抽了起来，一边在屋子里踱步。猛然间，他想明白了，原来一切是那么的简单，他竟一时兴奋得不好意思起来。

"我想，他们拿的是 TNT①。要真是 TNT，那么他们的路线根本不是去公路，而是去铁路。所以，他们的目标是基洛夫铁路。"

"去基洛夫铁路可不近啊。"基里亚诺娃有些不相信。

"所以才会穿树林啊。这里的林子黑压压一大片，藏一整支军队都没问题，别说两个人了。"

"要真是这样，"奥夏宁娜紧张起来，"得赶快通知铁路护卫队啊。"

"基里亚诺娃会通知的。"瓦斯科夫说，"我的汇报时间，是每天十二点三十分，代号'十七号'。你吃吧，快吃，奥夏宁娜，要走一整天的路呢。"

四十分钟后，搜索小分队列队完毕，可还是拖了一个半小时才出发，因为准尉太严厉了，而且还特别吹毛求疵。

"全体脱靴!"

果不其然，一半人靴筒里穿的是薄薄的裤袜，另一半人

---

① 即三硝基甲苯，一种炸药。

的绑腿布缠得就像披了条围巾一样。这么穿靴子根本跑不了多远，不出三公里，靴筒就会把这些战士的双脚拍打得满是血泡。不过，好在她们的下士指挥官奥夏宁娜穿得正确，可她为什么不教教下属呢？

光教她们怎么缠脚布就花了四十分钟。又花了四十分钟迫使她们清理枪筒。她们没让枪筒里长满潮虫就算不错了，万一真要开枪射击怎么办？……

剩余的时间里，准尉开了一堂小讲座，他以为，可以让战士们尽快熟悉情况。

"不要害怕敌人。既然他在我们后方行动，说明他自己还心虚着呢。但是不要让他靠近，敌人毕竟是五大三粗的男人，而且还专门配备了近身搏斗的武器。迫不得已的情况下，万一他出现在身边，最好还是隐蔽起来。但是不要跑，千万不要跑，自动步枪要打中奔跑的目标，简直易如反掌。行动时必须两个人一起。半路不要掉队，不准抽烟，也不准交谈。要是我们必须走上大路，该怎么行动？"

"知道。"红头发说，"一个靠右边走，另一个靠左边。"

"要注意隐蔽。"出于保险起见，准尉补充道，"行动步骤如下：下士带一名士兵，组成先头侦察小组，走在前面。后方一百米，指挥核心，是我……"他看了看自己的队伍，"还有翻译。最后两个人，跟在我们后方一百米。当然，行军途中不能挨得太近，要维持彼此能看得见的距离。一旦发现敌人，或者有可疑情况发生……有谁会学野兽叫，或者会鸟叫也行？"

女兵们嘻嘻哈哈笑起来，这帮笨女人啊！……

"我问得很严肃！树林里传递消息不是靠说话，德国人也有耳朵。"

这下全都不吭声了。

"我会。"古尔维奇大着胆子报告，"我会驴叫。咿——呀！咿——呀！"

"我们这里不养驴。"准尉不满意，"好吧，那就学野鸭叫。嘎嘎嘎。"

他示范了一遍，逗得姑娘们哈哈大笑。有什么好笑的嘛，瓦斯科夫不明白，可自己也忍不住笑起来。

"老鸭子就是这么召集小鸭子的。"他解释道，"来吧，你们试试看。"

学鸭叫太开心了。尤其红头发美女叶甫盖尼娅，学得特别卖力（噢，她太美了，最好别被她勾走了魂，她实在太美了！）。一点不出所料，学得最像的还是奥夏宁娜，看来她的确很能干。还有一个，就是丽莎，学得也不错。这个膀大腰圆的姑娘，肩膀上肉多，胯间肉也多，反倒看不出哪里的肉更多些。瓦斯科夫第一天就注意到了这个女孩子。她的嗓音变化自如，而且人本来就好，这样的女孩子哪里都能用得上。看看她结实的身子骨，套上一副犁去耕地也没问题。而嘉丽娅·切特维尔塔克和翻译索尼娅·古尔维奇都是城里长大的姑娘，弱不禁风的模样和她根本没法比。

"我们去的是沃皮湖，你们看这里。"几个人凑到了地图旁，冲着他的后脑勺和耳朵呼气，好痒。"德国人要真是冲着铁路去的，湖就是他们的必经之路。而且他们不知道怎么抄近道，所以，我们肯定比他们先到。从这里到目的地，我们得走二十俄里，午饭前能到达。我们还来得及做好准备，德国人一路躲躲藏藏，绕的路会更远，最起码要走五十俄里。都听明白了吗，战士同志们？"

战士们一个个严肃起来：

"明白了……"

她们平日里只知道光着身子晒晒太阳，要么对着飞机发射几发子弹——对她们来说这似乎就是战争了……

"下士奥夏宁娜负责检查军粮和装备。十五分钟后出发……"

于是他留下了战士们，自己要跑回家一趟。此前他已经嘱咐女房东把背囊收拾好，再带些以备不时之需的用品。德国兵一个个凶残成性，也就只有在漫画里才有把他们成群歼灭的故事。准备一定要充分。

玛丽亚·尼基佛洛芙娜已经按他的吩咐收拾妥当，而且还更贴心，放了一块腌肥肉和几片咸鱼干。本想骂她几句，可想了想又忍住了。本来嘛，女人总是这样婆婆妈妈，成天就像参加婚礼一样。他往背囊里多塞了一些步枪和手枪的子弹，顺手又装进两颗手榴弹，万一有什么突发情况呢！女房东惊恐地在一旁看着，没有说话，眼泪在眼眶里打转。虽然没有挪动脚步，可身子却朝他倾过来，几乎整个身子都倾了过来。瓦斯科夫终于看不下去，伸手搭住她的头：

"后天就回来。最晚，不超过星期三。"

她的泪水夺眶而出。唉，婆娘们呐，你们真是命苦啊！连男人们都受不了这场战争，就像兔子受不了烟熏一样，更别说你们了……

他走出村口，打量了一下自己的"近卫军"，枪托几乎要拖到地上。他叹了口气：

"准备好了？"

"准备好了。"丽塔回答。

"本次行动期间，我任命奥夏宁娜下士为副手。请记住联络信号：嘎嘎两声——注意，发现敌人。嘎嘎嘎三声——全体向我靠拢。"

姑娘们大笑起来。他也是故意这么说的：嘎嘎两声，嘎嘎嘎三声。目的就是让姑娘们哈哈大笑，以此振作起精神来。

"先头侦察小组，齐步走！"

队伍出发了。奥夏宁娜和小胖妞走在前面。瓦斯科夫等了片刻，直到两个人消失在灌木丛里，心里默默数到一百，便跟了上去。他和翻译走在一起，她扛着步枪、子弹袋、卷成捆的军大衣，还有装满食物的背囊，把她压得活像弯了腰的芦苇。科梅利克娃和嘉丽娅·切特维尔塔克走在最后。

4

一路直插沃皮湖，瓦斯科夫并不担心会有麻烦。德国人不可能知道直达那里的捷径，因为那条路是他在芬兰战争前夕独自发现的。所有地图上，这一带全都被标注为沼泽地，所以德国人只有一条路可走：必须绕过树林，然后翻越西纽欣岭，才能抵达湖边，山岭是他们无论如何绕不开的一道坎。不管自己的战士们怎么行军，不管她们路上怎么拖延，德国人都要走更久。傍晚前他们是赶不到那里的，而他却能在他们到达之前就封锁所有道路和路口。他只要把姑娘们藏到岩石后面，隐蔽好，到时候他打响第一枪，让她们士气大振，接下来就都好办了。至少，打死一个应该不成问题，和剩下的那个单打独斗，瓦斯科夫是不会害怕的。

他的战士们精神抖擞，大踏步行军，看上去和正规军别无两样。指挥官也没发现有人嘻嘻哈哈，有人交谈。尽管他没法了解，姑娘是否观察到了什么，可他却格外留意脚下这片荒无人迹的林地，竟然真的被他发现了一个浅浅的足印，鞋底边缘的齿纹一看就不是本地的。这个足印几乎有四十四码，菲多特·耶夫格拉费奇断定，这是一个年轻的彪形大汉，身高差不多两米，体重该有六普特①多。当然，姑娘们要是面对面碰见这样的傻大个儿，即便全副武装，恐怕也难以应付。不过准尉很快又发现了一串脚印，他当即断定，这个德国人走的正是绕行沼泽的路线。暂时一切都如他预料的那样。

"好在德国鬼子果真绕了远路。"他对同行的姑娘说，"得跑上好一阵呢，至少四十俄里。"

可是翻译没搭理他，她实在累坏了，枪托已经拖在地上。准尉有好几次转过脸去打量她，她的脸又瘦又长，算不上漂亮，还老是一本正经板着。他不由心生怜悯，如今男人奇缺，像她这样的，还不知道能不能嫁出去呢。于是冷不丁脱口问道：

"你爹娘还健在吗？家里就剩你一个孩子了吗？"

"剩我一个？……"她笑了笑，"说不定，还真被您说对了呢，就剩我一个了。"

"怎么，连你自己也不清楚吗？"

"准尉同志，这种事情现在谁又能说清楚？"

"说得也是。"

"我的父母在明斯克。"她抬了抬消瘦的肩膀，拉正步枪的皮带，"我那时还在莫斯科上学，正复习备考，可突

---

① 1普特约为16.38公斤。

然……"

"有消息吗?"

"哈,您也太……"

"是啊……"菲多特·耶夫格拉费奇瞟了她一眼,揣度对方不会生气,便接着问道,"你父母都是犹太人?"

"当然啦。"

"还当然啦……"指挥官暗自不满地鼻孔里出气,"要真能看出来是当然啦,我就不问了。"

翻译不说话了。粗糙的高筒靴啪啪踩着湿漉漉的青草,她眉头紧拧,轻轻叹了口气:

"也许,来得及逃走了吧……"

这一声叹息就像鞭子般抽打在瓦斯科夫的心上。唉,看你麻雀一样瘦弱的小体格,哪里经受得起这种苦难啊?他想骂娘,痛痛快快地破口大骂,恨不得把这场战争打入十八层地狱,再诅咒它万劫不复。顺便把派遣姑娘们执行追捕任务的那个少校也扔进碱水里,亲眼看着他泡掉一层皮,这才心里解恨。可现在他不能这么做,只能拼命把笑容挂在嘴边。

"来,战士古尔维奇,嘎嘎嘎叫三声!"

"干吗?"

"检查一下战斗准备效果。怎么了?忘记我怎么教的了吗?"

她脸上立刻绽放了笑容，眼睛也有神起来。

"没有，没忘！"

这鸭叫，还不如不叫，简直就像在逗小孩子。演戏这么叫还差不多。不过先头侦察小组和殿后小组总算明白过来是怎么回事，便纷纷靠拢来。奥夏宁娜更是疾步飞奔过来，步枪还端在手里：

"出什么事儿了？"

"要真的出事儿了，恐怕天使早就在天国迎接你们了。"指挥官不留情面地训斥，"看看你，跑得像头小母牛一样，四蹄翻飞，连尾巴都翘上天了。"

她顿时气得两颊绯红，像五月的朝霞。可又有什么办法，毕竟要教会她们啊。

"累了吗？"

"那还用问！"

红头发没好气地顶撞，她显然在为奥夏宁娜打抱不平。

"那么好吧。"菲多特·耶夫格拉费奇赶紧息事宁人，"一路上发现了什么没有？按次序一个个说，下士奥夏宁娜先来。"

"好像没什么……"丽塔有些难为情，"刚才转弯的地方有根树枝折断了。"

"厉害啊，说得没错。那么，殿后的小组呢。战士科梅利克娃？"

"我没发现什么，一切正常。"

"灌木丛上的露水打落了。"丽莎·布里奇金娜突然插嘴，急急忙忙汇报，"右边的露水还在，左边路旁的露水打落了。"

"火眼金睛啊！"准尉非常满意，"好样儿的，红军战士布里奇金娜。路上还有几处脚印。德国橡胶皮靴，他们的空降人员穿的就是这种鞋。看鞋头的方向，他们正绕着沼泽地走。就让他们绕去吧，我们要笔直穿过这片沼泽。现在有十五分钟可以抽支烟，整装。"

姑娘们嘻嘻笑了，就好像他说了什么蠢话。可"整装"就是军令用语啊，守则里明明白白写着的。于是瓦斯科夫板起了脸：

"不准叽叽喳喳傻笑！也不准到处乱跑。完毕！"

他告诉姑娘们，行军包应该往哪里放，军大衣放到哪里，步枪又该架到哪里，便解散了队伍。姑娘们小老鼠般一溜烟全都钻进了树丛里。

准尉取出斧子，从枯树上砍下六根粗长的拐棍，砍得铿锵有声！然后便坐到背囊边，抽起烟来。姑娘们很快聚拢来，彼此窸窸窣窣地悄声耳语，互递眼神。

"从现在起要注意啦。"指挥官说，"我走在最前面，你们几个不要散开，跟在我后面，一定要踩准脚印。这里左边和右边全是泥潭，陷进去喊妈都来不及。每个人拿好拐棍，迈开步子前先用拐棍使劲试探一下脚下的泥。有问题吗？"

这次大家都没做声，红头发只是歪了歪头，但也忍住了。准尉站起身，在苔藓里踩灭了烟头。

"嗯，谁力气大？"

"怎么？"丽莎·布里奇金娜犹犹豫豫地问。

"战士布里奇金娜负责背翻译的行军包。"

"凭什么？"古尔维奇尖叫着抗议。

"服从命令，不准提问。科梅利克娃！"

"到。"

"红军战士切特维尔塔克的东西你来拿。"

"拿来吧，小切特维尔塔克，顺便步枪也拿来……"

"不准交头接耳！怎么吩咐就怎么做，各人的武器自己背……"

他一边嚷嚷，一边深感沮丧：不是这样的，不应该是这样的！大嗓门就能让她们有觉悟吗？即便大喊大叫到中风，恐怕也无济于事。可她们实在太喜欢说话啊。她们也只会叽叽喳喳。可叽叽喳喳对一个军人来说，会是致命伤。这是千真万确的……

"再说一遍，听好了，千万别做错。紧盯我的后脑勺。每一步都要踩准脚印。拐棍要试探泥……"

"能提个问题吗？"

老天，就你自由散漫！这就忍不住啦。

"您有什么问题，战士科梅利克娃？"

"什么叫拐棍啊？意思是身体要跟着一起拐吗？"

故意装傻，看看她的眼睛就知道。那两只大眼睛太危险了，那就是会让人堕落的深渊啊。

"您手里拿的是什么？"

"棒子之类的东西。"

"这就是拐棍啊。我说清楚了没有？"

"现在明白了。达里[①]。"

"什么达里不达里的？"

"那是本词典，准尉同志。就和会话手册一样。"

"叶甫盖尼娅，别闹了！"奥夏宁娜喝止她。

"好啦，这条路线很危险，现在不是开玩笑的时候。行军次序：我打头。古尔维奇、布里奇金娜、科梅利克娃、切特维尔塔克依次跟在我身后。下士奥夏宁娜断后。还有问题吗？"

---

① 达里（1801—1872），俄国作家、词典编纂家、民族学家。达里曾编撰过《俄语详解词典》。此处是嘲笑准尉只会用方言表达。

"水深吗？"

切特维尔塔克似乎有点担心。嗯，也是，就凭她的个头，就算站在木桶里也像泡进了河塘一样。

"有些地方到……嗯，到那什么来着。也就是，到你们腰那里。大家保护好步枪。"

只见他一个箭步踏进了泥潭，扑哧一声，淹过了膝盖。一步一步晃着身体朝前走去，就像走在弹簧垫子上。他没有回头看，只是根据喘气和惊慌失措的低语判断队伍行进是否顺利。

沼泽地里的空气宛如凝固了一般，潮湿而又令人窒息。春天的蚊子凶悍而又固执，如一团团乌云在燥热的身体周围盘旋。青草、腐烂的水藻和沼泥散发出刺鼻的霉味。

姑娘们全身的重量都压在木棍上，一次又一次对抗着强大的吸力，艰难地把脚从冰冷的泥潭里拔出来。打湿的短裙贴住了大腿，枪托拖在肮脏的泥泞里。每走一步都不敢稍有松懈，为了照顾小个子嘉丽娅·切特维尔塔克，瓦斯科夫走得非常慢。

他保持着方向，向前方一座小岛挺进，那里有两棵低矮的小松树，因为湿度太大而长得歪歪斜斜。指挥官两眼紧盯着松树，目光透过枝丫间的空隙定格到远处一棵干枯的白桦树，因为此时左右两边已经没有浅滩了。

"准尉同志！……"

唉，该死！……指挥官把木棍插得更牢些，费力地转过身去，果然，队伍已经拉长了间距，几乎原地站着不动了。

"别站着！别停下，会陷进去的！……"

"准尉同志，我掉了一只靴子！……"

队伍尾部的切特维尔塔克叫道。只见她像个草墩一样泡在水里，连短裙都看不见了。奥夏宁娜慢慢靠近，一把抓住了她。只见两个人用木棍在泥潭里戳来戳去，这是在摸索靴子吗？

"找到了吗？"

"还没有！……"

科梅利克娃下意识甩掉了拐棍，身子猛地偏向一侧。好在他及时看到了，立刻大吼起来，急得额头上青筋暴突：

"去哪儿？！站住！"

"我去帮忙……"

"站住！不能往回走！"

老天，和这些姑娘们在一起，他已经彻底晕头转向了，一会儿别停下，一会儿站住。只要姑娘们别害怕就好，别惊慌失措就好。泥潭里手忙脚乱，那就是死路一条。

"冷静，千万冷静。离小岛没几步路了，到那里我们就休息一下。靴子找到了吗？"

"没有！……陷进去了，准尉同志！好冷啊！"

"继续走！站着不动会越陷越深，快走起来。"

"那靴子怎么办？"

"现在哪还找得到？往前走！往前走，跟上我！……"他转过身，头也不回继续朝前走去，"踩准脚印！不要落后！……"

他故意大喊大叫，是为了鼓舞士气。根据他自身的经验，战士听到口令会振作起来。果然奏效了。

终于走到了。最后的几米，他尤其心惊胆战，因为那里比较深。脚已经拔不出来了，不得不凭借全身力量冲破该死的泥淖，既需要体力，也要依靠技巧。好在总算有惊无险。

小岛边能站稳的地方，瓦斯科夫停了下来。他挨个放过自己的队伍，帮助姑娘们登上坚硬的地面。

"千万别着急。放松。我们在这里休息一会儿。"

姑娘们登上了小岛，瘫倒在陈年枯草上。她们一个个浑身湿透，沾满肮脏的泥巴，气喘吁吁。切特维尔塔克不光丢了一只靴子，连绑腿布也一并赠送给了沼泽，爬出来的时候只剩下裤袜了。大脚趾从破洞里伸出来，冻得发紫。

"怎么样，战士同志们，累坏了吧？"

战士同志们都不理他，只有丽莎给了他面子：

"累坏了……"

"那么，先休息一下吧。接下来的路会容易些了，只要到达那棵枯了的白桦树，就大功告成。"

"最好能清洗一下。"丽塔说。

"过了沼泽有条干净的小溪，还有沙滩。想洗个澡都行。不过，晾干现在办不到了，只能一路走一路晾吧。"

切特维尔塔克叹了口气，用手掌搓暖裸露的大脚趾，有些不好意思地问：

"我少一只靴子怎么办？"

"我们想法给你做一只树皮鞋吧。"菲多特·耶夫格拉费奇笑了笑，"不过先要过了沼泽，这里不行。能忍一忍吗？"

"能忍。"

"嘉尔卡，你也太马大哈了。"科梅利克娃气鼓鼓地教训她，"脚拔出来的时候，大脚趾要向上翘啊。"

"我是向上翘了啊，可靴子还是滑脱了。"

"姑娘们，好冷啊。"

"看我湿的，一直到，直到……"冉卡狡黠地瞥了一眼准尉，"你们只会湿到腰那里吧。"

"你以为我是干的吗？我刚才一脚踩空，一屁股坐了下去……"

姑娘们哈哈大笑。看起来，还算好，她们很快就振作起来了。尽管是女性，可毕竟还年轻，力气多少还是有的。只是不要冻病才好，这里的水冷得像冰……

菲多特·耶夫格拉费奇又深深吸了一口烟，把烟头扔进沼泽，站起身来，抖擞精神说：

"好啦，战士同志们，拿好拐棍。保持先前的次序，跟在我身后。一会儿到了那里，到了河对岸，你们爱怎么清洗取暖都行。"

说完便从树根上一跃而起，跳进了黑褐色的稀泥里。

这最后一片浅滩也算不上老天开恩。泥浆稀得和燕麦羹差不多，既撑不住腿脚，身体也漂不起来。拨开稀泥每前进一步，都会累得满头大汗。

"怎么样，同志们？"

他这么大叫一声，是为了提振士气，并没有回头看。

"这里有蚂蟥吗？"古尔维奇气喘吁吁地问。

她紧跟在后，一步一步几乎要凿穿他的足印，所以还比较轻松。

"这里什么都没有。一片荒地，是死亡地带。"

左边蓦地鼓起一个气泡。气泡啪地破裂了，仿佛沼泽响亮地叹了口气。后面有人吓得一声惊叫，瓦斯科夫便解释道：

"这是沼气，别怕。倒是我们把它给吓坏了……"他想了想，便讲起了故事，"老人们常说，这种地方一准都有精灵住着，应该是树精吧。当然啦，那都是童话……"

他的"近卫军"成员都不理他。她们呼哧呼哧朝前爬，一迭连声地哎哟，几乎喘不过气来。可依旧顽强地爬着，龇牙咧嘴地向前爬。

终于容易些了，泥浆羹稀了，底部更坚硬了，有些地方甚至出现了小草墩。准尉故意不再加快速度，队伍之间的距离缩短了，后者几乎能够到前者的后脑勺。没几步就接近白桦树了，前面出现一片小树林，遍地草墩和青苔。不过这已经不足挂齿了，地面也越来越高，最后不知不觉来到了干燥的松林里，到处都是白白的苔藓。姑娘们这才一下子欢呼雀跃起来，兴奋地扔掉了拐棍。可菲多特·耶夫格拉费奇却吩咐她们捡起拐棍，全都靠在一棵可以当作标记的松树上。

"也许还有人会用到。"

可他没有让大家休息哪怕一分钟，就连光脚的嘉丽娅·切特维尔塔克也没可怜。

"就剩一点路了，红军战士们，再加把劲儿啊。到了小溪边再休息。"

几个人刚登上了小山丘，便透过松树林一眼望见了小溪。溪水清澈得犹如泪水一般，两岸是金色的细沙地。

"乌拉！……"科梅利克娃不由脆声大叫起来，"沙滩呀，姑娘们！"

姑娘们幸福地又是叫又是嚷，顺着斜坡扑向了小溪，一边跑，一边从身上抛去军大衣和行军包……

"站住！"指挥官厉声断喝，"立正！……"

大家呆住了，吃惊地看着指挥官，甚至有些委屈。

"沙子！……"准尉怒气冲冲地伸手指了指，"这是沙子，懂吗？怎么能把步枪插到沙子里，勇士们。步枪要靠在树上，懂吗？背囊和军大衣都要放在一个地方。给你们半小时洗漱收拾。我就在灌木后面，叫一声就能听到。下士奥夏宁娜，您替我负责维持秩序。"

"是，准尉同志。"

"那就这样。三十分钟后，必须全体做好准备。衣服、靴子都穿好，干净利落。"

他向地势低的地方走去，选了一块靠近深水的沙地，一旁还有灌木可以遮掩。他卸下了装备，脱掉靴子和衣服。这里隐约能听见姑娘们的交谈，可钻进瓦斯科夫耳朵的只有她们的笑声和只言片语，或许正因为如此，他才一直专注地听着。

菲多特·耶夫格拉费奇先简单清洗了马裤、绑腿布和内衣，使劲拧干，摊开晾到灌木上，以便尽快吹干。接着，他全身抹上肥皂，做了几次深呼吸，在岸边跺了几脚，攒足了勇气，从陡坡上猛地飞身跃入深潭。可他立刻泅出了水面，心脏在冰凉刺骨的溪水里冻得紧缩起来，几乎无法呼吸。他很想扯开嗓门大喊大叫，可又担心吓到自己的"近卫军"，所以只能很轻地咯咯叫了几声，一点都不痛快。于是他洗净肥皂，便上了岸。当他用粗糙的毛巾把全身擦得通红，缓过气来，才又开始倾听那边的声音。

灌木丛的那一边，姑娘们七嘴八舌闹成一团，似乎在唠家常，所有人都说个不停，可又各说各的。大家笑声一片，亲密而又热闹，只听见切特维尔塔克兴奋地大叫：

"噢，冉卡！唉，冉卡！"

"勇往直前啊！……"科梅利克娃突然叫道，接着准尉便听见了水花飞溅的沉闷声响。

"真厉害，还游泳呢……"他心中暗赞。

兴奋的尖叫顿时盖过了所有的声音。幸好德国人离得还远。起初还听不清尖叫些什么，接着便传来奥夏宁娜严厉的呵斥：

"叶甫盖尼娅，快上岸！立刻！"

菲多特·耶夫格拉费奇笑着卷了一支粗粗的烟卷，拿起"喀秋莎"① 在花岗岩上蹭了几下，就着快熄灭的引线点燃了烟，悠然自得地抽了起来，接着又满脸享受地转过身，让

---

① 指打火石。

五月的暖阳照在裸露的背上。

休整时间只有半小时，自然什么都没有干透，可不能再等下去了。于是瓦斯科夫瑟缩着套上了仍然潮湿的衬裤和马裤。好在绑腿布带了备用的，所以塞进靴筒的双脚是干燥的。他穿上军服，系好腰带，拿上东西，声如洪钟地大喊：

"准备好了吗，战士同志？"

"等一等！……"

哈，就知道会是这样！菲多特·耶夫格拉费奇暗自冷笑，摇了摇头，刚咧开嘴想吓唬一下她们，便又听见奥夏宁娜大叫：

"过来吧！可以啦！"

下属竟然对上级大呼小叫，还用"可以啦"取代了军衔！要是较真起来，这简直就是对士兵守则的嘲弄。太不像话了。

但他也就在心里这么发发牢骚而已，因为指挥官此时已经游完泳，休息好了，欢腾的心情就像在庆祝"五一"劳动节。更何况"近卫军"已经在等候他，一个个收拾齐整，红扑扑的脸上笑容绽放。

"怎么样，红军同志们，一切正常吗？"

"一切正常，准尉同志。叶甫盖尼娅刚才还游了泳呢。"

"好样的，科梅利克娃。没冻坏吗？"

"反正也没人能让我取暖呀。"

"就你嘴巴厉害！战士同志们，我们稍微吃点东西就出发，别耽搁太久啦。"

大家就着咸鲱鱼吃了些面包，但那块肥肉准尉暂时没有拿出来。接着，他为脑子不太好使的切特维尔塔克制作了一只树皮靴。先拿出备用的绑腿布从外面缠住两只毛袜（这还是女房东亲手织的，送给他的礼物），再用新鲜的桦树皮照着脚掌的形状编出一个底筐。最后调整一下大小，用绷带捆结实。

"还不错吧？"

"非常不错呀。谢谢啦，准尉同志。"

"好啦，战士同志们，我们出发，脚底板还要磨上一个半小时呢。到了那里还得熟悉情况，做好准备，比如选个地方好好招待客人……"

他催促姑娘们不停脚地赶路，只有这样，她们身上的裙子和其它东西才能尽快吹干。不过丫头们的表现真不错，没人拖后腿，只是一个个跑得满脸通红。

"快点，战士同志们，加把劲！快跑，跟上我！……"

一直跑到自己喘不上气来，才放慢速度走几步，等到缓过气来，便又叫道：

"跟上我！快跑！……"

跑到沃皮湖边时，已是夕阳西斜。湖水轻柔地拍打着巨大的圆石，两岸松涛阵阵，似乎在宣告夜晚已经来临。准尉极目远眺，接天的湖面上看不到一叶小舟，细嗅沙沙的微风，也没有闻见何处有炊烟。此处本就偏远，即便战前也少有人烟，而如今就更显荒芜了。或许，无论伐木工、猎人，还是渔夫、焦油工，都上前线了吧。

"好安静啊。"叶甫盖尼娅不由小声感叹，"就像在做梦。"

"从左边沙嘴开始，就是西纽欣岭的山脊。"菲多特·耶夫格拉费奇介绍道，"山脊的那一边，紧靠着另一个湖，叫作列贡特湖。以前有个修道士住在那里，列贡特就是他的雅号。他喜欢清静，才选了这个地方。"

"这里要多清净就有多清净呢。"古尔维奇感叹。

"德国人只有一条路可走，他们只能穿过两湖中间，翻越山脊。而那里的情况是这样，到处都是羊额石，每块都足有小木屋那么大。我们就利用这些石头排兵布阵，就像守则里教的，选好主阵地和后备阵地。选定后，我们吃些东西，休息一会儿，就等着他们送上门来。怎么样，红军同志们，就这么说定了？"

红军同志们却没人搭话，个个陷入了沉思……

5

自懂事以来，瓦斯科夫就觉得自己比实际年龄大一些。要不是他从十四岁起就像个结了婚的男子汉一样挑起养家的担子，全家人恐怕早就上街要饭了。那个年代时局动荡，吃饱饭可不容易。而他是家里唯一的男子汉，所以养家、照顾家人、挣钱全靠他一个人。夏天干农活，冬天打野兽，直到快满二十岁，他才知道，原来每个人都应该有节假日。可接着就参了军，当兵也不是小孩子过家家。部队里注重资历，而他又敬畏部队。所以到头来，至少目前阶段，他还是没能让自己变得更年轻一点，恰好相反，他成了老练的准尉。而准尉就该有准尉的做派，在战士眼里就该永远是个老兵的样子。天经地义。

于是菲多特·耶夫格拉费奇干脆忘掉了自己的年龄。他只知道，他比每个列兵和中尉都年长，和所有的少校同龄，也永远比任何一位上校年纪小。这倒并非因为上下级年龄的格局本就如此，而是他早已习惯了的处世逻辑。

所以，面对这几个必须听他发号施令的姑娘时，他仿佛觉得自己是另一代人。仿佛自己真的参加过国内战争，还和瓦西里·伊万诺维奇·恰巴耶夫本人①一起在勒比先斯克②的郊外喝过茶。这倒不是因为他想倚老卖老，也不是因为对自己做出过什么承诺，而是出自内心的真情流露，也是出于准尉应有的指挥官职责操守。

尽管如此，可瓦斯科夫自己从未真正意识到，他言行举止的成熟在别人眼里早就已超越了现实年龄。然而就在这个宁静的朗月之夜，这种意识似乎在他的内心有意无意地萌动起来，甚至让他害臊起来。

可那时离夜深还早，大家还在挑选阵地。看着战士们一个个像小山羊般，在乱石堆里奔跑跳跃，他竟然也跟着一起蹦蹦跳跳起来，而且动作灵活敏捷，连自己都觉得惊讶。可惊讶过后，便又皱起眉头，恢复了一本正经的稳重步伐，甚至攀上大圆石也要分三步跳。

不过，这还不是重要的。重要的是，他找到了一处绝佳的阵地。作战纵深开阔，攻守点隐蔽性强，从树林到湖面的情况可以一览无余。一块块羊额石紧密相连，一直绵延到湖边，只有一条紧靠湖边的狭长地带可以畅通无阻地行进。一旦打起来，德国人恐怕要沿着这条路走上三个小时才能绕过石阵，而他则可以直接撤离，穿过石阵，在敌人逼近之前就

---

① 恰巴耶夫（1887—1919），又译夏伯阳，是苏俄国内战争时期著名的红军指挥官。
② 哈萨克斯坦地名。

早早抢占后备阵地。不过，只是他为了以防万一才这么部署，同时也可以为下属做出实战示范。因为对付两个空降兵，他一夫当关，在主阵地就已绰绰有余。

选好阵地以后，菲多特·耶夫格拉费奇便按流程开始了计时。按照他的估算，德国人到这里也许要等四个小时左右，恐怕还不止。所以他准许小分队先做些热菜，一个手提饭盒做两人份。丽莎·布里奇金娜自告奋勇当起了厨娘，他指派了两个小个子战士帮她打下手，又特意叮嘱点篝火时不准冒烟。

"要是发现有烟，我二话不说就把热汤全倒掉。明白了吗？"

"明白。"丽莎吓得大气不敢出。

"不，你没明白，战士同志。要是真明白了，你就会问我要斧子，打发你的帮手去多砍一些枯树枝来。而且还会责令她们，只能砍没长苔藓的，敲起来嘎啦脆的那种。那样点着了才不会有烟雾，只有烧红的炭。"

但是命令归命令，为了言传身教，他还是亲自去砍了一堆枯枝来，又亲手点燃了篝火。此后，虽然和奥夏宁娜一起侦察地形，他仍然时不时朝这边张望。的确没有烟雾，只看到石块上方的空气在隐隐颤动。不过这也只有知晓内情的人，或者训练有素的人才能觉察到。而德国人，毫无疑问，绝不可能有这样好的眼力。

趁那边三个人还在煮粥，瓦斯科夫带着下士奥夏宁娜和战士科梅利克娃爬遍了整片山脊。他们确定了战斗岗位、射击范围和定位标记。菲多特·耶夫格拉费奇亲自用脚步丈量查验了到每一处定位标记的距离，并按照守则的规定，一一记录到射击要图上。

这时，那边叫喊吃饭了。几个人按照行军时的队列，成对散坐，指挥官便和战士古尔维奇合用一个手提饭盒。她理所当然地一个劲儿客气，不停地把稀糊里的固体内容往他这边拨，于是小勺子便控制不住地叭叭敲着饭盒。指挥官见状不高兴了：

"敲什么敲嘛，翻译同志。你怎么回事，把我当小孩子哄吗，用不着一勺一勺往我这边拨。战士就该大口大口地吃饭。"

"我在大口大口吃呢。"她笑了笑。

"我看到了！看你瘦的，就像刚过了冬的白嘴鸭。"

"我体格本来就这样。"

"体格？……你看看布里奇金娜，体格和我们一样，可人家身上要啥有啥，看着就让人舒坦……"

饭后还饱饱地喝了茶。菲多特·耶夫格拉费奇行军路上采了不少越橘叶子，茶就是用这些叶子煮的。休息了半小时后，准尉下令列队集合。

"听清楚战斗命令！"他开始了郑重其事的发言，虽然内心深处并不十分确信，下达这道命令是否正确，"敌对力量是两名武装到牙齿的德国鬼子，正向沃皮湖地区移动，打算秘密接近基洛夫铁路和以斯大林同志命名的白海——波罗的海运河。我们的队伍总共六人，奉命守卫西纽欣岭，并就地俘获敌人。左方是沃皮湖，右方是列贡特湖……"准尉说到这里不由稍稍停了一下，他清了清嗓子，沮丧地想起，事先要是把命令写在纸上就好了，只好硬着头皮接着说，"我决定在主阵地正面阻击敌人，争取不开一枪就能劝降。如遇反抗，可以击毙一人，第二个必须生擒。所有物资留在预备阵地，由战士切特维尔塔克负责看管。没有我的命令不准开战。我任命下士奥夏宁娜为副手，万一她失去战斗力，战士古尔维奇顶上。有问题吗？"

"为什么偏偏让我留守？"切特维尔塔克抱怨。

"这个问题无关大局，战士同志。既然有令，那就好好执行。"

"嘉尔卡，你是我们的后备军啊。"奥夏宁娜笑了笑。

"没有问题，全都明白。"科梅利克娃精神饱满地回答。

"既然明白，那就请各位进入阵地。"

他按照事先和奥夏宁娜设计好的，把战士们分派到各个岗位，给每个人指明了定位标记和视角，并再次警告她们，要像老鼠那样老老实实趴着。

"谁也不许动。我会先和他们说话。"

"说德语吗？"古尔维奇故意挖苦。

"说俄语！"准尉的回答很干脆，"要是他们听不懂，就由您来翻译。明白了吗？"

大家都不说话。

"要是真打起来，你们还这么探头探脑，附近可没有卫生营。叫亲娘也没用。"

其实他真不该提到亲娘，完全没必要。所以话刚出口，他就气得想痛揍自己：打仗毕竟那么严肃的事情，真刀真枪，可不是打靶啊！

"和德国人打仗最好保持远距离。不然不等你们拉枪栓，他就把你们打得全身窟窿了。所以我命令你们，一定要趴着别动，直到我亲自下令'开火！'。不然的话，我才不管你们是女性……"说到这里，菲多特·耶夫格拉费奇卡壳了，只好挥挥手，"好啦，指示完毕。"

他划分出几块观察区，安排战士们两个人一组值守，四只眼睛可以看得更清楚。自己爬上更高的位置，端着双筒望远镜仔仔细细搜索树林的边缘，直到两眼疼得流泪。

太阳已经完全没入了山后，可瓦斯科夫趴着的石块还保留着积攒了一天的热量。准尉把望远镜放到一边，闭上了眼睛，打算休息一会儿。可热乎乎的石块却突然轻轻晃动起来，慢慢飘入了寂静和安宁。菲多特·耶夫格拉费奇还没回过神来，便打起了盹儿。他仿佛觉得微风拂过脸庞，周围一片沙沙声，细看之下，发现自己竟然躺在热炕上，只是忘了铺上粗麻垫子，这该问娘要。而他竟真的看见了娘，动作利索，个子矮小，多年来只能见缝插针地瞌睡一会儿。她的休息时间就像零零落落的碎片，全都是从农忙中偷出来的。他还看见了娘的双手，瘦得几乎只剩下骨头，由于风湿和劳作，手指早就无法自如伸曲。她的脸上爬满皱纹，就像烤干的裂纹，枯瘦的脸颊上泪水涟涟。他明白了，原来娘至今还在为死去的小伊戈尔伤心痛哭，至今仍自责不已，身心饱受折磨。他想说几句宽慰的话，却突然有人碰了碰他的脚，他下意识地以为是老爹，吓得心里一紧。睁眼一看，原来是奥夏宁娜爬上了石坡，碰到了他的脚。

　　"德国人？……"

　　"哪里？……"她吓得一激灵。

　　"呸，见鬼……我还以为……。"

　　丽塔看了看他，笑了：

　　"您还是打个盹儿吧，菲多特·耶夫格拉费奇。我去给您拿大衣。"

"不用了，奥夏宁娜。我只是太累了，抽支烟就好。"

说着便爬了下去，科梅利克娃正在峭壁下梳头发。她散开了长发，遮住了背。只见她用梳子梳理着长发，一只手显然不够用了，只好把头发托起来。她的头发又浓密又柔软，闪烁着金属般暗红色的光泽。她舒缓而又从容地梳理着，神态安详。

"不会是染的吧？"准尉忍不住问道，可问完就后悔了，他生怕她会立刻变了脸冷嘲热讽。这样一来，眼前的美妙情景就彻底破坏了。

"生来就这样。我头发乱吗？"

"这样就很好。"

"您别担心，那里有丽莎·布里奇金娜替我看着。她的眼睛可尖呢。"

"好啦，好啦。你快整装吧。"

咳，见鬼了，这个"整装"又脱口而出！可这个词就写在守则里啊，早就刻在脑子里，这辈子都忘不掉了。不过你真是头熊啊，瓦斯科夫，一头俗不可耐的熊啊……

准尉不由尴尬起来，赶紧大口抽起烟，把自己裹进了烟雾里。

"准尉同志，您成家了吗？"

他抬眼望去，一双绿莹莹的眼睛正在暗红的火苗后盯着他。她的眼神似乎有着不可思议的力量，就像一门一百五十二毫米口径的榴弹炮。

"成家了，战士科梅利克娃。"

很显然，他是在撒谎。不过对科梅利克娃撒这种谎没有坏处。至少准尉能借此明确各自的身份，以保证彼此相安无事。

"那您的妻子在哪儿？"

"还能在哪儿，当然在老家。"

"有孩子吗？"

"孩子？……"菲多特·耶夫格拉费奇叹了口气，"有过一个男孩。没了。刚好在战争爆发前夕。"

"死了？"

她把长发甩到背后，盯住他，目光仿佛穿透了他的灵魂，仿佛看透了他的内心。她没再说话，既没有安慰，也没开玩笑，更没有其他套话。倒是瓦斯科夫忍不住了，他一声长叹：

"唉，娘没能保住他啊……"

话刚一出口，心中便一阵痛惜，痛得立刻跳了起来，用力拉平了军装，就像要接受检阅一样。

"奥夏宁娜，你那边情况怎么样？"

"没有人，准尉同志。"

"继续观察！"

说完便挨个巡视战士去了。

太阳早就下了山，可天还亮着，仿佛黎明时分。战士古尔维奇在值守的岩石后面读着书。只听她祷告一般，拉长了声调喃喃地念着什么。走到她身边之前，菲多特·耶夫格拉费奇听了一会儿：

> 蛮荒年代出生的人们，
>
> 不会记得自己的历程。
>
> 而作为俄罗斯苦难岁月的孩子，
>
> 我们无法忘记每一寸光阴。
>
> 战火无情的年代啊！
>
> 是让人疯狂，还是带来希望？
>
> 战争的日夜，自由的日夜，
>
> 将血色的烙印留在人们的脸上……①

"念给谁听呢？"他走到身边问道。

翻译被问得不好意思（毕竟是奉命观察，是观察啊！），于是她把书搁到一边，想站起来。准尉却摆了

---

① 这是俄国著名诗人勃洛克的诗。

摆手。

"我问你，念给谁听呢？"

"不念给谁，念给自己。"

"那为啥要念出声？"

"因为这是诗歌啊。"

"啊——啊……"瓦斯科夫没听懂。他拿起书，薄薄的一本，和榴弹发射教程差不多，翻了翻，"要看坏眼睛的。"

"天还亮着呢，准尉同志。"

"更何况……还有啊：别坐在石头上。石头很快就凉了，会吸走你身上的热量，你还感觉不到呢。快把军大衣垫上吧。"

"好的，准尉同志。谢谢。"

"对啦，还是别念出声吧。一到晚上，这里的空气就很潮湿，密度大，而这里的黎明又特别静，甚至五俄里以外就能听到响动。可得注意哦。仔细看哦，战士古尔维奇。"

布里奇金娜的位置离湖边比较近，菲多特·耶夫格拉费奇大老远看见她，就满意地笑了：这个丫头可太会动脑筋了！只见她折了一大堆枝条，铺满石头间的凹槽，上面还用军大衣盖起来：一看就很有经验的样子。他甚至好奇起来：

"你是哪里人，布里奇金娜？"

"老家布良斯克州，准尉同志。"

"在集体农庄干过活？"

"干过。不过大多时候是帮父亲的忙。他是护林员，我们就住在护林哨所里。"

"怪不得学鸭子叫那么像呢。"

她哈哈笑起来。她们太喜欢嘻嘻哈哈，就是改不掉。

"没发现什么吗？"

"暂时没动静。"

"你要多留神啊，布里奇金娜。灌木晃没晃动，鸟儿喳喳叫了没有。你是林子里住惯了的，这些都明白。"

"明白。"

"那就好，那就好……"

准尉跺了跺脚。该说的似乎都说了，命令也下达完了，该走开了，可两脚却挪不动。这个姑娘太像他的家人，同样是林子里长大，太懂得怎么把自己照顾得悠闲自在了。她身上散发出的暖意简直让人陶醉，就像他今天打盹儿时梦见的老家那张俄式暖炕。

"丽莎，丽莎，丽莎维塔①，你为啥对我不理又不睬，为啥小宝贝你不唱歌，难道你的宝贝我不够帅。"指挥官马上化解了尴尬，他拖长了官腔，胡乱唱了一首民歌，紧接着

---

① 丽莎是丽莎维塔的爱称。

咳嗽一声，解释道，"这是我们老家的一首歌谣。"

"而我们那儿……"

"以后我们俩一起唱，丽莎维塔。完成这次战斗任务，我们就一起唱。"

"说话算数吗？"丽莎开心地笑了。

"嗯，说到做到。"

准尉突然胆大包天地朝她挤了挤眼睛，可自己却先害羞起来，赶紧整了整军帽走了。只听布里奇金娜在身后叫道：

"喂，您自己说的啊，准尉同志！一言为定哦！"

他什么都没回答，可脸上的笑容却挂了一路。他跨过山岩，来到预备阵地，这才收起了笑容，开始找起来，战士切特维尔塔克藏哪儿去了。

战士切特维尔塔克此时正躲在峭壁下，坐在行军包上，全身裹在军大衣里，两只手插在袖子里。领口直立起来，连着船形军帽一股脑儿遮住了她的头，只有肉乎乎的红鼻子凄凉地翘在挺括的翻领外面。

"你干吗缩成一团，战士同志？"

"冷啊……"

他伸出手去，可她却迅速闪开了：怎么那么傻，难道还以为他是来抓她的……

"你别大惊小怪，老天！额头伸过来。快呀？……"

她这才探出了脖子。准尉搭住了她的额头，仔细试了试，滚烫。竟然滚烫，该死的，真会挑时候！

"你发烧了，战士同志。没发现吗？"

她没吭声。眼神却如同小母牛一般悲悲切切，任何人看了都会内疚。还不是因为你的战士走丢了靴子，还不是因为你着急慌忙赶路，还不是因为五月逼人的寒气。这下你只好接受一个完全丧失战斗力的手下，小分队多了一个包袱，你就自责去吧·

菲多特·耶夫格拉费奇取出自己的背囊，解开背带，手伸了进去。深藏的角落里，有他命根子般重要的紧急备用品——装着酒精的军用水壶，七百五十克，塞子拧得紧紧的。他倒出来一小杯。

"直接喝下去，还是给你兑点水？"

"这是什么？"

"药水。嗯，就是酒精，喝吧？"

她直摆手，躲开了：

"噢，不行，不行……"

"这是命令，喝掉！"准尉想了想，兑了一点水，"喝吧。喝完再喝一点水。"

"不，不行……"

"快喝，别废话！"

"不，您别这样！我妈妈是医务工作者……"

"没有妈妈。现在是打仗，只有德国人，有我，准尉瓦斯科夫。没有什么妈妈。只有熬过战争的人，才会有妈妈。听懂了没有？"

她憋住了气，一口喝干，吞下去的几乎有一半是眼泪。随即便咳嗽起来。菲多特·耶夫格拉费奇赶紧伸出手轻轻拍了几下她的背。咳嗽停了，手掌一抹，脸上全是眼泪，笑了：

"我的头……晕啦！……"

"明天就会好啦。"

他拖来一些枯树枝，铺垫好，把自己的军大衣盖在上面：

"休息吧，战士同志。"

"没了军大衣，您自己怎么办？"

"我身体棒着呢，别担心。可你要快点好起来。就算我求你了，快点好起来。"

四周一片寂静。树林、湖泊，就连空气，似乎都陷落在沉寂里，不见了踪影。大半夜已经过去，眼看着天就要亮了，可仍不见德国人，连个影子都没有。丽塔时不时地朝瓦斯科夫这边张望，只有他们两个人时，她问：

"我们，会不会白等了？"

"也许，是白等。"准尉叹了口气，"不过我想不会。当然，要是你没有把树墩子错看成德国鬼子的话。"

此前指挥官已经取消了阵地上的警戒。他打发战士们去预备阵地，命令她们多折一些枯树枝，睡一觉，直到他来叫醒她们。他自己则留守在主阵地，可奥夏宁娜却非要缠着他不可。

德国人一直没有出现，这让菲多特·耶夫格拉费奇格外坐立不安。他们很可能根本不会来这里，也可能选择了其他地方的路线，还可能他们另有任务，完全不是他自作聪明预料的那样。而德国人可能制造一堆大麻烦：射杀某位首长，或者炸毁什么重要目标。如果真是这样，恐怕自己就要上军事法庭解释清楚，你为什么不地毯式搜索树林，在那里活捉德国人，却偏偏闯到这种鬼地方来？是心疼那些战士吗？害怕把她们扔进枪林弹雨？如果完不成任务，这可不是借口啊。不，这绝不是借口。

"您还是去睡一会儿吧，准尉同志。天一见亮我就叫醒您。"

可是见鬼，还能睡什么觉！指挥官虽然只穿着单薄的军装，却一点也不觉得冷……

"你就别说什么睡觉了，奥夏宁娜。你明白吗，要是一不小心放过了德国鬼子，那我就再也醒不过来啦。"

"可是菲多特·耶夫格拉费奇，说不定，他们现在正在睡觉呢？"

"他们在睡觉？"

"是呀。他们也是人嘛。您自己也说了，西纽欣岭是通往铁路的唯一捷径。他们到那里要……"

"等一下，奥夏宁娜，等一下！五十俄里，这不会错，甚至更多。何况他们人生地不熟，一路上草木皆兵……啊？这么考虑，没错吧？"

"没错，准尉同志。"

"要真是这样，那么很有可能，他们一定会躺下休息。找一些大风刮断的树木，一觉睡到天亮。等大白天再……啊？"

丽塔笑了笑，又看了他一眼，那眼神就像婆娘们看自家的小毛孩子一样。

"所以呀，您就放心休息到出太阳吧。我会叫醒您的。"

"我睡不着啊，奥夏宁娜同志……玛格丽特，您父称叫什么来着？"

"您就叫我丽塔吧，菲多特·耶夫格拉费奇。"

"要不要抽支烟，丽塔同志？"

"我不会抽烟。"

"好吧，不过说到他们也是人，我好像真的不太能理解。你提醒得对，他们也该休息。那你也去吧，丽塔。去吧。"

"我不想睡。"

"那，你就躺一会儿，放松一下腿脚。是不是不习惯，已经腰酸背疼了？"

"哈，我刚好很习惯，菲多特·耶夫格拉费奇。"丽塔又笑了笑。

但准尉还是说服了她。于是，丽塔就在未来的前沿阵地上，就地躺倒在丽莎·布里奇金娜为自己预先准备的枯树枝上。她严严实实盖好军大衣，想在黎明前小睡一会儿，却立刻睡了过去，睡得踏实，踏实得连梦也没做，仿佛被睡意完全吞没。蓦然醒来时，准尉已经在拉扯她的军大衣：

"怎么啦？"

"轻一点！你听到了吗？"

丽塔甩掉大衣，扯了一下短裙，跳了起来。太阳已经跃上了地平线，把礁岩染得绯红。她放眼望去，几只小鸟喳喳叫着，掠过远处树林的上空。

"小鸟在叫呢……"

"是喜鹊！"菲多特·耶夫格拉费奇不作声地笑了，"丽塔，白肚子喜鹊喳喳叫。那一定是有人来了，惊动了它们。不是别人，肯定是客人来了。隐蔽起来，奥夏宁娜，把战士们叫醒。快去！注意隐蔽，千万千万！……"

丽塔跑开了。

准尉卧到自己的位置上，这个位置最靠前，地势也比其它位置更高。他检查了一下手枪，又取出弹匣装进步枪。他用望远镜搜索着树林的边缘，那里已被低斜的太阳照亮。

喜鹊在灌木上方盘旋，大声聒噪着，叽叽喳喳好不热闹。

战士们一个个靠拢来，又悄无声息地各自就位，卧倒埋伏好。古尔维奇朝他靠了过来。

"早上好，准尉同志。"

"你好。切特维尔塔克情况怎么样？"

"还睡着呢，没叫醒她。"

"做得对。你待在我身边，负责联络。千万不要探头。"

"我不探头。"古尔维奇保证。

喜鹊越飞越近，有些地方已经可以看到灌木的顶端在颤动。菲多特·耶夫格拉费奇甚至觉得，已经能听到来人沉重的脚步，枯树枝被踩踏得噼啪脆响。接着，仿佛一切都沉寂下来，喜鹊似乎也安静了。可准尉心里明白，就在树林的尽头，有人正藏在灌木丛里。他们正仔仔细细观察着湖岸，观察着对面的树林、山岭。因为这是他们的必经之路，而此时此刻，他和刚醒来仍面带红晕的战士们就埋伏在这里。

往往有那么一刻，会让整个事件发生颠覆性变化，原本的起因甚至会变成结果，从而迎来全新的局面。而现在，这一神秘的时刻终于来临了。平常生活中，这样的时刻从来不值得引人关注。可是战争时期，每个人的神经始终处于极度紧绷的状态，保全性命作为最原始的求生意识，重新变成了人生最迫切而又主要的内涵。这种情形下，这个神秘时刻就具有了现实的意义，变得仿佛可以触摸到，变得漫长而又看不到尽头。

"来吧，你们快出来吧，出来吧，来吧……"菲多特·耶夫格拉费奇不出声地嘀咕。

远处有灌木丛晃动了几下，林子的尽头小心翼翼地钻出两个人来。虽然他们身穿灰绿色迷彩斗篷，可太阳直射到他们的脸上，让准尉真真切切地看清他们的一举一动。他们的手指扣住自动步枪的扳机，弯着腰，猫一样蹑手蹑脚地向湖边靠近……

可瓦斯科夫已经不再注意这两个人。因为他发现，这两个人身后的灌木丛依然在晃动，紧接着，丛林深处一个接一个地闪现出灰绿色的身影，每个人都手握自动步枪，保持着随时准备射击的姿势。

"三……五……八……十……"古尔维奇悄声数着，"十二……十四，十五，十六……十六个，准尉同志，十六个……"

　　灌木丛里没了动静。喜鹊远远地叫着，飞走了。

　　一共十六个破坏分子，一边观察着四周，一边沿着湖岸缓慢地向西纽欣岭靠近……

6

　　菲多特·耶夫格拉费奇这辈子都在执行命令。他执行命令从来一丝不苟，高效而又有成就感。因为正是在不折不扣执行别人意志的时候，他才会看见自身存在的意义。上级领导十分欣赏他的执行能力，而且对他也再无其他要求。他就是一枚传动齿轮，置身于一台庞大而又悉心调试好的机器上，自觉地不停运转，同时也带动别人不停地运转，他从不关心这样的转动因何而起，又转向何处，最终会是什么样的结局。

　　德国人已经缓慢而又不可阻挡地沿着沃皮湖岸走来，径直朝他和他的战士们走来。战士们此刻正匍匐着，奉命躲在岩石后，鼓起的脸颊紧紧贴住冰冷的步枪枪托。

　　"十六个，准尉同志。"古尔维奇重复了一次，声音几乎听不到。

　　"看到了。"他头也不回地吩咐，"古尔维奇，快去一个个传达。告诉奥夏宁娜，让她火速带战士们撤到预备阵地。注意隐蔽，千万隐蔽！……站住，你跑哪儿去？把布里奇金娜叫来。爬过去，翻译同志。从现在起，我们要爬着过日子。"

只见古尔维奇费力地扭摆着身体，穿过岩石堆爬走了。准尉希望能计上心来，立刻做出决策，可脑子里却是一片绝望的空白。只有一个多年来养成的愿望，在他耳边喋喋不休，让他心烦意乱：汇报。马上，立刻向上级汇报，情况有变，凭眼下的实力，他既无法掩护基洛夫铁路，也保卫不了以斯大林同志命名的运河。

他的小分队开始了后撤。可是一会儿步枪撞得哐啷响，一会儿又碰落一块石头。这些声音仿佛敲打在他心上，虽然德国人还离得很远，不可能听得到，可菲多特·耶夫格拉费奇还是吓得心惊肉跳。唉，现在要是有一挺机枪就好了，弹匣装得满满的，身边再配一个老练的装弹手！就算不是"杰克加"①，哪怕来三支自动步枪也好啊，再派几个作战经验丰富的汉子来……可他现在手上既没有机枪，身边也没有汉子，只有五个爱笑的姑娘，而且每个人的步枪只配了五个弹夹。也难怪，在那个寒露浓重的六月清晨，瓦斯科夫竟然急得大汗淋漓……

"准尉同志……准尉同志……"

指挥官用袖子狠狠擦去汗水，这才转过身来。看到两只大眼睛已经凑到了面前，几乎要瞪出来，他挤眉弄眼地说：

---

① 指杰克加廖夫手动机枪。

"开心一点啊，布里奇金娜。这样其实更好，他们一共来了十六个人呢，明白吗？"

为什么十六个破坏分子反而比两个更好，准尉并没有解释，不过丽莎倒是听懂了一般，点了点头表示同意，还将信将疑地笑了笑。

"回去的路还记得吗？"

"啊哈，准尉同志。"

"你看，德国佬左边是一片松林。你从那里穿过去，一直沿着湖边走。"

"是您砍树枝的地方吗？"

"真聪明，小姑娘！从那里走到河汊。笔直走，到了那里就不会迷路了。"

"这我知道，准尉同志……"

"别急，丽莎维塔，不要乱了方寸。关键是，要当心沼泽，明白吗？我们蹚过的小浅滩很窄，左右两边都是泥坑。白桦树就是定位。从白桦树笔直朝小岛上的两棵松树走过去。"

"啊哈。"

"到了岛上要休息一下，别着急继续爬。从小岛再瞄准烧焦的树墩，我就是从那里跳进沼泽的。一定要盯准，它很显眼。"

"啊哈。"

"把情况向基里亚诺娃汇报。我们在这里和德国佬稍作周旋，可是坚持不了多久，你自己也清楚。"

"啊哈。"

"步枪、行军包、大衣，全都留下。一身轻，飞跑回去。"

"那，我现在就出发？"

"下沼泽别忘了拿上拐棍。"

"啊哈。我去了。"

"快去吧，丽莎维塔，老爹的小棉袄①。"

丽莎一言不发地点点头，退到一边。她把步枪靠到岩石上，从皮带上解下弹夹，两眼却时不时期盼地看向准尉。可瓦斯科夫正盯着德国人，始终没能察觉她慌乱的眼神。丽莎小心地叹了口气，更紧地扣上皮带，接着便猫起腰，跑向了松树林，可两条腿还是稍显拖沓地绊着地面，就像世上所有普通妇女一样。

破坏分子已经离得很近了，近得能看清他们的脸，而菲多特·耶夫格拉费奇依然伸直身子平卧在岩石上。他紧盯着从山岭一直延伸到地平线的松树林，一只眼睛的余光斜瞄着

---

① 如果对方是熟悉的女性，又不知道她的父称，在俄语中可以这样玩笑地称呼她。

德国人。只见树丛顶端晃了两次，但是晃动得非常轻微，就像小鸟擦翅飞过。他暗想，派丽莎·布里奇金娜回去，还真是选对人了。

完全确认破坏分子们没有发现他派回去的联络员后，准尉把步枪上了保险，爬下了岩石。他顺手拿起丽莎留下的武器，径直跑向了后方，凭借直觉判断该往哪里迈出脚步，以避免发出踩踏的声音。

"准尉同志！……"

姑娘们就像麻雀看到草籽一样扑了过来，连切特维尔塔克都从军大衣里探出头来。这也太乱了，不像话：他本该颐指气使，一顿呵斥，批评奥夏宁娜没有派出哨位。他张大了嘴巴，指挥官架势的眉毛也拧了起来，却一眼看见她们紧张的眼神，心一软便换成了仍在驻地时的语气：

"姑娘们啊，情况不乐观啊。"

他想坐到岩石上，却被古尔维奇一把扯住，把她的军大衣迅速垫到身下。他点了点头表示感谢，坐下后，掏出了烟荷包。姑娘们在他面前站成一排，一言不发地盯着他，看着他卷起一支烟。瓦斯科夫看了看切特维尔塔克。

"你，感觉怎么样？"

"挺好。"她没能笑出来，因为嘴唇不听使唤了，"我睡得挺好。"

"原来，他们有十六个人。"准尉尽可能说得轻描淡写，所以每个字都反复推敲，"十六支自动步枪——还是很厉害。迎头痛击不是个办法。可不阻击也不行，而且再过三小时，他们就到这里了，我应该没算错。"

奥夏宁娜和科梅利克娃相互看了看。古尔维奇抚平了膝盖上的短裙，切特维尔塔克直愣愣地看着他，眼睛都不眨一下。尽管指挥官只是抽着烟，两眼紧盯着自己的烟卷，可身边的这一切，他其实注意到，全都看见，也全都听到了。

"我已经派布里奇金娜回去报信了。"停顿片刻又说，"算起来，增援夜里才会到达，不会更早。我们要是在夜晚前就卷入战役，那肯定坚持不下去。无论什么阵地都坚守不住，因为他们有十六支自动步枪。"

"那怎么办，眼睁睁看着他们过去？"奥夏宁娜轻声问。

"不能放他们过去，决不能让他们过山岭。"菲多特·耶夫格拉费奇说，"一定要打乱他们的行进路线。想办法让他们围着列贡特湖转，绕一圈远路。可怎么才能做到？硬碰硬肯定没法坚持。你们一起出出主意吧。"

准尉现在最害怕的，就是被姑娘们看出他内心的恐慌。要是被她们看出来，被她们凭借与生俱来的敏感察觉到，那就全完了。他的优越感完了，指挥官的意志完了，对他的信赖也完了。所以他刻意说得轻轻松松，毫不在意，嗓门也不高，抽烟的样子就像坐在土墙上和邻居聊天。可脑子却在飞转，飞转，绞尽了脑汁，想要厘清所有头绪。

他先吩咐战士们吃饱早饭。她们激烈反对，可他厉声喝止了她们，随即从袋子里取出了那块腌肥肉。不知道腌肥肉和军令到底哪个作用更大一些，姑娘们竟兴奋地狼吞虎咽起来。菲多特·耶夫格拉费奇此时有点后悔了，怪自己竟然让丽莎·布里奇金娜饿着肚子大老远跑回去。

用完早餐，准尉用凉水精心地剃了胡子。他的剃须刀还是父亲留下来的，削铁如泥，简直不是剃须刀，而是一件艺术品，可他还是划破了两道口子。他用报纸贴住伤口，科梅利克娃见状赶紧从行军包里掏出一小瓶花露水，亲手为他涂在伤口上。

虽然他的举止从容镇定，不慌不忙，可时间却在流逝。而脑子里却像有一群搁了浅的小鱼，不知所措地蹦蹦跳跳。他无论怎么努力都无法集中精神，只可惜现在不能取出斧子砍几块干柴。只要斧子一挥，心里就平静了，不但能甩掉没用的杂念，说不定还能想出脱困的计策。

德国人当然不是真的想打仗到这里来——这一点他心里很清楚。他们选了一条荒无人烟的路，不但走得小心谨慎，还四处派人巡逻。他们为什么这么做？就是为了不让对手发现他们的行踪，尽量避免开枪作战，这样就能够悄无声息地渗透进来，进而穿越各种可能遇到的关卡，接近主要目标。那么，自己是否该主动暴露，并且让对方以为自己没有发现他们呢？如果这么做，或许他们就会退却，尝试选择别的地方绕路走。一旦他们选择别的地方，那就只能绕过列贡特湖，至少要走上一昼夜……

可是，他又能暴露谁呢？暴露那四个姑娘，还是暴露自己？拖住德国人可以做到，迫使他们派人侦察也可以做到，更或许，他们还会花些时间研究分析，但最终还是会发现，挡住他们去路的，只不过区区五个人而已。那么然后呢？……准尉瓦斯科夫同志，然后他们可就不会再退却了。只要把你们围住，不用开枪，五把匕首就能彻底解决你的小分队。这就是现实，他们不是傻瓜，肯定不会为了避开四个小女孩和一个只有一把手枪的准尉，甘心在树林里东躲西藏。

菲多特·耶夫格拉费奇把这些想法全都告诉了奥夏宁娜、科梅利克娃和古尔维奇。切特维尔塔克已经一觉睡醒，主动要求去放哨。和盘托出自己的想法后，他又补充道：

"要是再过一个半小时，我们还是想不出其他办法，那么就按我说的做。去准备吧。"

去准备吧……可又有什么好准备的？难道准备好了是为

了去见阎王？要真是这样的话，准备的时间越短倒反而越好……

话虽这么说，可他还是准备去了。他从背包里取出了手榴弹，擦干净了手枪，在岩石上磨快了军刀。这就是所有的准备工作了。可是姑娘们就连这些准备工作都没有做。她们几个在一旁嘀嘀咕咕争论了一会儿，便走了过来：

"准尉同志，他们要是碰到伐木工会怎么样？"

瓦斯科夫没听懂：什么伐木工？哪里有伐木工？……现在可是在打仗啊，林子里什么人都没有，这他们自己也看到了。于是姑娘们七嘴八舌解释起来，听着听着，指挥官终于听懂了。他明白了：只要是部队，不管什么样的部队，都有固定的管辖边界。而且边界的划分十分明确，不但有相邻的友军部队，各个角落也都遍布岗哨。可是伐木工不一样，他们在树林里工作，通常按小组分散在各处，密林深处很难找到他们的踪迹。德国人难道会去侦察他们？对呀，肯定不会，因为那太冒险了。稍有不周，就全完蛋了。一旦德国人暴露了自己，就会被伐木工上报到相关部门。所以永远也猜不到，有多少人在砍树，在哪里砍树，相互之间又是怎么联系的……

"哈，姑娘们，你们个个都是我的雄鹰啊！"

预备阵地的后方淌着一条小溪，虽然水流清浅，水声却不小。紧靠溪流的对岸就是一片树林，成片的山杨树，满地暴风吹折的枝杈，林子里一棵棵浓密的云杉，黑压压伸手不见五指。只要在林子里迈出两步，眼前便会竖起一道枝繁叶茂的灌木绿墙。不管什么样的蔡司牌望远镜都无法穿透树林，一窥它变化莫测的真实面目，更无法看到幽深的尽头。深思熟虑后，菲多特·耶夫格拉费奇确定，这里就是实施姑娘们计划的好地方。

为了牢牢吸引德国人的视线，他让切特维尔塔克和古尔维奇驻守在正中央。吩咐她们俩燃起篝火，黑烟煽得越浓越好，叫声越响越好，最好整个林子都能听见。不过最好别在灌木丛里暴露得太过显眼，当然啦，可以探头探脑，可以让人发现，只是不要太显眼。他又吩咐大家脱掉靴子。靴子、军帽、皮带等等，都能让敌人察觉她们军人的身份。

根据地形判断，德国人只能尝试从左侧绕过篝火。因为右侧就是面朝小溪的礁岩，那里没有适合行军的通道。但为了确保无虞，他派奥夏宁娜去那里，并下了同样的命令：要晃来晃去，要发出响动，还要燃起篝火。而左翼则由他自己和科梅利克娃负责，这里没有别的可作掩护。而且从这里能一览整片河面，要是德国鬼子仍然决意强行渡河，那他可以就地先撂倒两三个，这样姑娘们就有时间撤走，四散跑开。

时间所剩无几了，于是瓦斯科夫增派了一人加强警卫，便同奥夏宁娜和科梅利克娃一起紧锣密鼓地准备起来。趁姑娘们拖拽树枝架起篝火的时候，他毫不掩饰地（就是要让他们听见，让他们警觉！）举起斧子砍树。哪棵高他就砍哪棵，砍树声越响越好，直到推一下便轰然倒地，接着便去砍下一棵。汗水蒙住了眼睛，蚊虫的叮咬让他难以忍受，可准尉依然呼哧呼哧喘着粗气砍树，砍啊砍，直到古尔维奇从前线隐蔽的地方跑了过来。老远就挥着手：

"他们过来啦，准尉同志！……"

"各就各位。"菲多特·耶夫格拉费奇命令道，"各就各位，姑娘们，只不过我求你们了：一定要小心。可以躲在大树后面探头探脑，但是不要在灌木丛后面晃。你们要大喊大叫，越响越好，越频繁越好。"

战士们四下散去。只有古尔维奇和切特维尔塔克（此时精神状态好多了）还在溪边磨磨蹭蹭。古尔维奇伸出光脚丫试探着溪水，切特维尔塔克却无论如何都解不开捆着树皮靴的绷带。准尉赶忙过来：

"别忙啦，我抱你过去。"

"啊，这怎么行，准尉……"

"别忙了，听我的。水冰凉，你的病还没好全呢。"

他上下打量了一下对方，双手抱起了这位红军战士（简直小菜一碟：也就三普特吧，不会更重）。她伸手搂住他的脖子，可突然就像凭空想到了什么，脸腾地红了，竟然红到了脖颈。

"您怎么像抱个小孩儿一样……"

准尉本想和她开个玩笑，毕竟抱的不是一块木头疙瘩，可嘴里说出的却是：

"到了那里别在潮湿的地方乱跑。"

水面几乎没到膝盖，冰凉刺骨。古尔维奇提起裙摆，踉踉跄跄走在前面。消瘦的两腿摇摇晃晃，手里挥舞着靴子保持平衡。只见她回头叫道：

"这水可真凉——哟！……"

话音刚落，裙摆便掉下来，拖在了水里。指挥官生气地喝道：

"裙子撩起来！"

她却停下脚步，笑着说：

"菲多特·耶夫格拉费奇，守则里可没有这条规定哦……"

厉害呀，居然还有心情开玩笑！不过这让瓦斯科夫心情大好。科梅利克娃这时已经在他的那一侧点燃了篝火，他便兴高采烈地走了过去，铆足了力气大喊：

"来呀，姑娘们，开心一点，加把劲儿啊！……"

奥夏宁娜立刻在远处响应：

"哎——嗨——嗨！……伊万·伊万内奇，把马车拉过来呀！……"

几个人大喊大叫着，推倒齐根砍断的一棵棵大树，尖声欢呼，燃旺篝火。为了让对方听到有男人的声音，准尉有时也会吼上几声，不过他更多的则是躲在柳丛中，警惕地关注那边的灌木丛。

那边好长时间都没发现有什么动静。他的战士们倒是已经喊累了，所有齐根砍断的大树也早就被奥夏宁娜和科梅利克娃一棵棵推倒在地。树林的上空已然艳阳高挂，照亮了小溪，可那边的灌木丛还是纹丝不动，没有一点声响。

"说不定，他们走了？"科梅利克娃凑在耳边小声说。

鬼才知道，也许，他们确实离开了。瓦斯科夫不是立体望远镜，要是他们偷偷潜到岸边，真有可能发现不了。毕竟他们也经历过枪林弹雨，这样的差事，绝不会随意派遣几个人来应付……

他这么想着，回答却很简明：

"继续等。"

说完两眼又深深埋进了灌木丛里，他早已对那边的一枝一节了如指掌。盯得累了，甚至流下了眼泪。他眨了眨眼，手掌抹去眼泪，突然全身一震。几乎就在正前方的小溪对岸，赤杨树丛晃动起来，沙沙作响，紧接着空地上便清晰地出现了一张年轻的脸，长满了赤褐的大胡茬。

菲多特·耶夫格拉费奇向后伸出手去，摸到一个浑圆的膝盖，便一把握住。科梅利克娃的嘴唇轻轻触到了他的耳朵：

"看见了……"

接着又闪出一个，个子稍微矮一点。只见这两人朝岸边走来，身上没有背囊，轻装简从。他们端着自动步枪，眼睛却仔仔细细地搜索着人声不断的对岸。

瓦斯科夫心里一紧：是侦察兵！看来，他们还是决定先摸清林子里的底细，数清楚伐木工的人数，然后从他们中间找到突破口。看来刚才的一切努力泡汤了，所有的计划，那些大喊大叫，那些砍倒的大树——并没有吓退德国人。他们马上就要横渡小溪，扎进灌木丛，蛇一样迂回匍匐，爬向姑娘们的叫声、篝火和有响动的地方。他们会掰着手指清点人数，摸清楚情况……那样他们就会意识到，自己其实已经暴露了。

菲多特·耶夫格拉费奇缓缓地，生怕触碰到一根树枝，掏出了手枪。这两个人，趁他们还在水里，还在靠近的过程中，他就能毫不费事地解决掉。当然，这样一来，所有自动步枪都会朝他集中开火。但姑娘们就能趁此机会撤离，隐蔽起来。不过现在要把科梅利克娃先打发走……

他一回头，却见叶甫盖尼娅正双膝跪地，恶狠狠地扯下身上的军装，一把摔到地上，大模大样地一跃而起。

　　"站住……"准尉急忙轻声喝止，"我命令你……"

　　"拉娅，维拉，快来洗澡啊！……"冉卡清脆悦耳地招呼了一声，便毫不迟疑地拨开灌木，走向了水面。

　　菲多特·耶夫格拉费奇不由自主地抓起了她的军装，不由自主地紧紧贴住了胸膛。而科梅利克娃曼妙的身姿早已来到洒满阳光的溪边，蹚进了遍地碎石的溪水里。

　　对面的树枝晃动了一下，灰绿色的身影隐匿了起来。只见叶甫盖尼娅从容不迫，轻微抖动了一下膝盖，扯去短裙、衬衣，双手整理了一下内裤，出人意料地突然大声唱起歌来，歌声激越高亢：

　　　　　　正当梨花开遍了天涯，
　　　　　　河上漂着柔曼的轻纱。

　　啊，此刻的她好美啊，美得不可方物！高挑的身材，洁白的肌肤，风姿绰约——而自动步枪离她竟然只有十米之遥。她停止了歌唱，一步跃入水中，便尖叫起来，恣意而又欢快地拍打水花。阳光下，飞溅的水花耀眼夺目，从她温暖而又富有弹性的胴体上滑落。指挥官吓得大气不敢出，只等着对方的反应。或许他们立刻，立刻就要开枪，冉卡应声倒下，双手拍落在水面……

可灌木丛那边没有动静。

"姑娘们啊，哎呀，洗澡好痛快呀！……"科梅利克娃兴奋地大声叫着，在水里手舞足蹈。"叫伊万来呀！喂，瓦纽什卡①，你在哪儿呀？……"

菲多特·耶夫格拉费奇扔下她的军装，把手枪塞进枪套，四肢着地飞快地爬开，爬进了密林深处。他操起斧子，跃开几步，猛然奋力朝一棵松树砍去。

"哎——嗨——嗨，我来啦！……"他大叫着答应，再次抢起斧子砍向树干。"我们这就来，等一下啊！……噢——嚯——嚯——嚯！……"

自打离了娘胎，他还从没这么快速地砍过树，此刻也不知道哪来的那么大气力。他用肩膀一顶，树干便倒向一棵干枯的松树，这样制造的响动就更大。他喘着粗气又迅速折了回去，回到刚刚观察的地方，小心谨慎地探头张望。

冉卡已经回到了岸上，一侧朝着他，另一侧对着德国人。只见她不慌不忙地套上薄薄的衬衣，丝绸便立刻贴住她的全身，随之湿透，几乎融进了她的肌肤。阳光穿过树枝，斜斜地照在她身上，那件衬衫变得几乎透明。她自己当然很

---

① 伊万的爱称。

清楚这一点，正因如此，她才镇定自如，把长发散开披在肩后，缓缓地弯下腰身。瓦斯科夫的心再一次提到了嗓子眼，他几乎绝望地想到，灌木丛后立刻会喷出火舌，射中她，摧残并毁掉眼前这具青春怒放的胴体。

肉体白得晃眼，冉卡又从衬衫里面脱下湿透的内裤，拧干，平平整整地晾到岩石上。接着便在一旁坐下，伸直了两腿，让垂到地面的长发享受阳光。

而对岸一直没有作声。不但没有声音，连灌木丛也一动不动。不管瓦斯科夫怎么仔细观察，还是没能看清，德国人究竟仍在那里，还是已经离开。可已经没时间猜测了，于是指挥官匆忙脱下军装，把手枪塞进马裤的口袋里，踩得枯树枝噼啪作响，向岸边走去。

"你在哪儿啊？……"

他本想兴高采烈地大喝一声，却没能喊出来，嗓子似乎被噎住了。走出灌木丛，暴露在空旷地带，心跳因为恐惧几乎要撞断肋骨。他走到科梅利克娃跟前。

"区里来了电话，马上就派车来。你快穿好衣服，也该晒够了吧。"

他故意大声叫嚷，让对岸听见，而科梅利克娃回答了什么，他却没听清。他此刻全身心地关注着对岸，关注着德国人，关注着灌木丛。他全神贯注到几乎忘我，仿佛觉得，此刻哪怕有一片叶子颤动，他都能听到、捕捉到，他会立刻扑倒在大圆石后，拔出手枪。可此时此刻，对岸似乎纹丝不动。

冉卡拽住了他的手，他便顺势坐到她身边。他突然发现，虽然她脸上笑意盈盈，可两只眼睛却瞪得铜铃般大，充满了恐惧，而这恐惧竟像水银般涌动着，犹如几乎夺眶而出的泪水，沉甸甸的。

"快走吧，科梅利克娃。"瓦斯科夫拼命想挤出一丝微笑。

她还说了些什么，甚至笑出了声，可菲多特·耶夫格拉费奇什么都听不进去了。得带她离开，赶紧把她带到灌木丛里去，他再也受不了眼睁睁看着她时时刻刻会被击毙。但为了不打草惊蛇，不让可恶的德国佬发现，这只是一个游戏，是有人在戏弄他们的德式智商，必须想点办法。

"不识抬举，那就让大家看看你的德行！"准尉突然大声嚷起来，说着便一把抄起她晒在岩石上的衣服，"来呀，来追我！……"

冉卡尖声大叫起来，如他料想那样一跃而起，追了上来。瓦斯科夫开始还沿着溪岸跑了一会儿，躲躲闪闪地逗她，随即便闪身进了灌木丛，一直跑到密林深处才停下脚步。

"快穿上。玩火玩够了。够啦！……"

他转过身去，把短裙塞给了她，可她却没拿，他的手便悬在了空中。他刚想要破口大骂，一回头，却见战士科梅利克娃跌坐在地上，两手捂住脸，蜷缩成一团，浑圆的双肩在内衣吊带下瑟瑟发抖……

她们几个开怀大笑，那是后来的事了。直到后来，她们确认，德国人离开了。于是便大肆嘲笑奥夏宁娜喊哑了嗓子，嘲笑古尔维奇烧破了裙子，嘲笑切特维尔塔克全身肮脏邋遢，嘲笑冉卡戏耍德国佬时狼狈的样子，同样也嘲笑他，准尉瓦斯科夫。她们笑得眼泪直流，笑得前仰后合。而他也在笑，在那一瞬间，他竟忘了自己准尉的军衔，只记得牵着德国人的鼻子把他们耍得团团转，耍得霸道，耍得顽皮。现在这些德国人只能心惊胆战地围着列贡特湖绕上一天一夜。

"好啦，这下好啦。"等她们笑累了，菲多特·耶夫格拉费奇抓住喘息的当口说，"这下好啦，姑娘们，现在他们已经无处可去了，当然，要是布里奇金娜能及时赶回来就更好了。"

"会赶回来的。"奥夏宁娜哑着嗓子说，大家再次哄堂大笑，因为她的破嗓子听上去实在太滑稽了。"她跑得很快。"

"那我们都来喝一点吧，庆祝一下。"指挥官说着，取出了珍藏如命根子般的军用水壶，"姑娘们，为她的飞毛腿干杯，也为你们聪明机灵的脑袋瓜！……"

于是大家便忙碌起来，有人把毛巾铺在岩石上，有人开始切面包、切腌肥肉，鱼也被肢解成小块。姑娘们婆婆妈妈忙成一团的时候，准尉在远处正襟危坐，抽着烟，等着姑娘们叫他用餐。他疲惫地想，最可怕的事情总算过去了……

7

整整十九年，丽莎·布里奇金娜一直生活在对明天的憧憬中。她是如此渴望得到绚烂夺目的幸福，每天清晨，这种渴望都会把她的心烧灼得滚烫。可是母亲一声声揪心的咳嗽，会立刻把她与幸福的约会推迟到明天。没有扼杀，也没有抹杀，但却一次次地推迟。

"我们的妈妈快死了。"父亲淡漠地敲打她。

五年来，父亲每天和女儿打招呼时只说这句话。丽莎每天要去院子里给一口小猪崽、几头绵羊和一匹公家的老骟马投喂饲料。帮母亲洗脸，换衣服，用小勺子给她喂饭。她要准备饭菜，里里外外地收拾，帮父亲巡视管辖的林区，赶去附近的农村消费合作社买面包。她的女伴们早就念完了中学，有的去了外地念大学，有的嫁了人，而丽莎依然每天喂饭，洗洗擦擦，再接着喂饭。可她每天都期待着明天。

她的意识中，明天从来也没有和母亲的死联系到一起。她几乎已经想不起来母亲健康的样子，但丽莎的生命力是如此充盈，内心根本容不下丝毫关于死亡的杂念。

与父亲嘴里烦人而又冷酷的死亡不同，生活的概念其实既现实而又触手可及。生活就隐匿在灿烂的明天里，而眼下它只不过暂时绕过了密林里这座被遗忘的哨所，可丽莎坚信，生活一定存在，而且注定会来找她，也绝不可能错过她，就像明天的来临不可能等不到一样。而丽莎早就学会了期待。

十四岁起，她就开始学习这门了不起的女性艺术。因为母亲的疾病而不得不退学以后，她便开始期待着能回到班级里，后来又一次次期待和女伴们的相约，后来有过几个难得空闲的傍晚，她还在俱乐部一旁的小舞场上期待过，再后来……

再后来，她突然觉得没有什么可以期待了。她的女伴们不是还在忙着学业，就是已经工作，住得离她很远，每个人都有了自己的操心事。而对于这些，丽莎也逐渐失去了感觉。以前有几个小伙子倒是相处得轻松而单纯，俱乐部里电影开场前还能在一起嘻嘻哈哈打打闹闹，可现在也变得陌生了，变得爱嘲弄人。丽莎开始变得腼腆，变得不爱说话，尽量避开嬉闹的玩伴们，后来就再也不去俱乐部了。

她的少年时代就这么过去了，一同逝去的还有她的老朋友们。可新的朋友却没有出现，除了几个看守林子的大老粗，没有人会被她家小窗口煤油灯的幽光吸引，顺道过来看看。丽莎深感痛苦和惧怕，因为她不知道，逝去的少年时代会被什么样的命运取而代之。她在惊慌与焦虑中熬过了死气沉沉的冬天。到了春天，父亲的大马车拉回来一个猎人。

"他想在我们家住几天。"父亲告诉女儿，"可是住哪儿呢？我们的妈妈快死了。"

"你们家，干草房总有吧？"

"可是天气还冷啊。"丽莎怯生生地提醒。

"能给我一件皮袄吗？"

父亲陪着客人在厨房里喝了好久的伏特加。木板墙后是母亲气喘如牛般艰难的咳嗽。丽莎忙着往返地窖取酸白菜，煎鸡蛋，一边听着屋子里交谈。

父亲的话比较多。他一杯接着一杯往肚子里灌伏特加，手指夹起小盆子里的酸白菜，一个劲儿往胡子拉碴的嘴里塞，一边打着饱嗝，一边不停地说啊说。

"你让我说，伙计，听我说。生活就像这树林子，需要不断疏剪，清理掉枯枝，没错吧？先听我说。清理枯树，病枝，还有杂草。是不是？"

"当然要除草。"客人表示认同，"不光疏剪，还要清除杂草。有害的杂草还必须除根。"

"没错。"父亲接着说，"看来，你还很在行。说到树林子，那，我们护林人，心里最清楚。只要是林子，我们就一清二楚。可要是生命呢？是有体温，会跑来跑去，还会吱吱叫的呢？"

"比如说，狼……"

"狼？……"父亲吹胡子瞪眼地发起了脾气，"狼能把你怎么样？你为什么不喜欢狼？为什么？"

"因为啊，它有牙齿。"猎人笑了笑。

"投胎成了狼，难道就是它的过错？它真的有错吗？才——不是，伙计，那是我们认为它有错。是我们自己把罪责强加给了它，而且也不问问它。良心上说得过去吗？"

"哈，依我看，彼德罗维奇，狼和良心可是两码事啊。"

"两码事？那么，狼和兔子呢，算一回事吗？你别急着哈哈笑，先听我说，伙计！……好吧，就算把狼当作大家的公敌。就算是这样。我们来个全民总动员，全民射杀狼，把俄罗斯所有的狼都杀光！杀得一头不剩！又会怎么样？"

"什么又会怎么样？"猎人笑着说，"那就会有很多野味啊。"

"会很少！……"父亲一声断喝，抡起毛茸茸的拳头，铆足了劲儿砰地捶在小餐桌上，"会很少，你懂不懂？！兔子需要奔跑，毕竟是野兽啊，奔跑才能健壮。奔跑，伙计，明白吗？想跑起来，就必须有恐惧感，害怕被生吞活剥的恐惧感。这个道理很简单吧。当然啦，日子可以过得平淡无奇，当然可以，可凭什么呢？就为了天下太平？可要是没了狼，兔子就会发胖啊，会变得懒惰，不再劳作。那时候怎么办？难道为了恐惧感，我们还要自己饲养狼群，还是去国外买？"

"伊凡·彼德罗维奇，你家的财产，是不是，被没收过？"客人突然不动声色地问道。

"我有什么可没收的？"主人叹了口气，"我的家当，就是这两个拳头，还有老婆和女儿。没收我的财产可得不到啥好处。"

"他们真的会没好处？"

"好吧，是我们没好处！……"父亲又往两只杯子里倒了点酒，和对方碰了杯，"我不是狼，伙计，我是兔子啊。"一口喝干杯子里的残酒，咚地捶了一下桌子，便站起身，头发乱蓬蓬的，像一头棕熊。走到门口停下了脚步：

"我去睡了。女儿会带你过去，告诉你睡在哪儿。"

丽莎静静地坐在角落里。猎人是城里人，有一口洁白的牙齿，还相当年轻，这让她心慌意乱。她不住地仔细打量客人，时不时及时移开视线，生怕撞上他的目光。她担心客人会突然开口问话，而她自己要么回答不上来，要么说出一些傻话来。

"您的父亲口无遮拦啊。"

"他是红军游击队员。"她急忙分辩。

"这个我们知道。"客人笑了笑，站了起来，"好啦，丽莎，您带我去睡觉吧。"

干草房里漆黑一片，犹如在地窖里。丽莎在门口停下脚步，想了想，她从客人手中接过笨重的官服皮袄和松软的枕头：

"您在这里等一下。"

她踩着摇摇欲坠的梯子爬了上去，摸索着铺开干草，把枕头扔到床头。本来这就可以下楼去，叫客人来睡觉，可她却警觉地竖起耳朵，依然在黑暗中倾听，在柔软的陈年干草上爬来爬去，把干草拍散，铺得更舒坦。她这辈子绝不会承认，此刻的她，正在期待他吱嘎踩响梯子，她在期盼黑暗中与他慌乱而又盲目的相遇，他的喘息，呢喃细语，甚至粗鲁的举动。不，这绝不是她内心深处油然而生的邪恶念头。她只不过想体验心脏刹那间跳出嗓子眼的感觉，渴望听到哪怕是语焉不详却又热情似火的许诺，哪怕转眼又如昙花一现般消失。

可是没人踩响梯子，丽莎只好下了楼。客人正站在门口抽烟，她没好气地嘱咐对方，可千万别在干草堆上抽烟。

"我知道。"说完便踩灭了烟头，"晚安。"

转身便去睡觉了。丽莎赶紧跑回屋子收拾餐具。她收拾得特别仔细，比平常速度慢得多，认认真真擦洗每一个盘子，而内心依旧惴惴不安地期待听到敲窗的声音。可是小窗也没有人敲。丽莎吹熄灯，回到了自己的房间，耳边只有母亲司空见惯的咳嗽，还有父亲大醉不醒时如雷的鼾声。

每天清晨，客人就出了门，直到很晚才拖着又饿又累的身体回来。丽莎为他准备吃的，他吃得狼吞虎咽，却也不贪多，这让丽莎格外欣喜。吃了饭，他就立刻回干草房，丽莎则留下来，因为再也没让她去铺过床。

"您去打猎，怎么总是空手回来？"有一回，她终于鼓足勇气问他。

"不走运啊。"他笑了笑。

"您最近瘦多了。"丽莎没看他，继续说，"这也算是休息？"

"这才是最好的休息呢，丽莎。"客人叹了口气，"可惜啊，休假结束了。我明天要走了。"

"明天？……"丽莎不由反问道，顿觉失落。

"是的，明天早上。打猎最终一无所获。很可笑，是吧？"

"是可笑。"她忧伤地同意。

他们再没说什么。可是，他刚一走，丽莎就草草收拾了厨房，闪身溜到了院子里。她在草棚周围徘徊良久，听着客人的呼吸和咳嗽，咬着手指。然后，她轻轻推开门，生怕自己中途变卦，迅速爬上了干草房。

"谁？"他轻声问。

"是我。"丽莎小声答道，"要不，我来铺床……"

"不用。"他毫不客气地打断她，"去睡吧。"

丽莎没回答，紧挨着他坐在沉闷而又漆黑的干草房里。他能够听见她用尽力气憋住的呼吸。

"怎么了，寂寞了吗？"

"寂寞。"她的回答几乎听不见。

"再寂寞也不要做蠢事。"

丽莎觉得，他似乎笑了。她顿时怨恨起来，干坐着恨他也恨自己。她不明白，自己为什么还坐着，就像不明白自己为什么要来这里一样。她几乎从没有哭过，因为她始终孤身一人，对此也早已习惯。可是现在，这个世界上她最想要的，就是怜悯。她想听到温存的情话，想有人抚摸她的头，有人安慰她，甚至——这一点她不会承认——或许，还能给她一个吻。因为她实在说不出口，最后一次亲吻还是五年前妈妈给的，而她此时此刻非常需要一个吻，一个能承诺美好明天的吻，她也正是为了那一天才活在世上。

"去睡吧。"他说，"我累了，明天要早起。"

说罢便打了个哈欠。哈欠拖得很长，冷漠而又漫不经心，就像狼嚎。丽莎咬着嘴唇，慌不迭冲下楼去，在梯子上撞疼了膝盖，飞也似来到院子里，砰地用力带上了门。

早上，她听见父亲套上了公家的老骟马"轻烟"，客人和母亲道了别，大门吱嘎打开。她躺着没动，装作正在熟睡的样子，可泪水却从紧闭的眼皮下淌了出来。

午饭时，已有几分醉意的父亲回来了。他把帽子里扎手的碎方糖哗啦啦撒在桌面上，蓝盈盈的一大堆，兴奋地说：

"没想到啊，我们的客人还是个人物呢！吩咐给我们拨了糖，还一下给了这么多。我们自己的农村消费合作社都有一整年没见到糖了。足足三公斤呢！"

接着便不说话了，浑身上下的口袋拍了好久，终于从小荷包里取出一张揉皱了的小纸片。

"给你的。"

"你该去读书，丽莎。林子里待久了，你的心就野了。八月份来找我吧，我会安排你去一所可以提供宿舍的技术学校。"

下面就是签名和地址。再没有其他内容，甚至连个问候都没有。

一个月后，母亲死了。平时本就心事重重的父亲，这下彻底变成了凶狠的野兽，喝起酒来没日没夜。而丽莎还是和以前一样，期待着明天，一到夜里便更加把房门锁得死死的，躲开父亲的那帮哥们儿。不过从那以后，明天就和这个八月密不可分地联系在了一起。她一边听着墙那边醉醺醺的吆喝，一边无数次反复阅读那张揉出了破洞的小字条。

可是战争开始了，本想去城里的丽莎，只好参加了守备部队。她挖了整整一个夏天的战壕和反坦克工事，却被狡猾谨慎的德国人绕开了，自己反倒陷入了包围圈。突出重围后，又开始挖，每挖一次就往东面推进一点。直至深秋，她已经挖到了瓦尔代①，喜欢上了防空部队，所以才来了 171 分流调度站……

丽莎第一眼就喜欢上了瓦斯科夫。当时他站在她们的队列前，不知所措地眨着睡意蒙眬的眼睛。她喜欢他坚毅的沉默寡言，农民特有的从容沉静，还有他身上男人踏实可靠的气质。所有女人都会被这种气质吸引，因为那是家庭温馨的可靠保障。可后来大家却把指挥官当成了笑料，还习以为常地以此活跃气氛。只有丽莎从不参与类似的玩笑，可当无所不知的基里亚诺娃哈哈笑称，准尉已经拜倒在千娇百媚的女房东裙下，丽莎才蓦地爆发了：

"这是胡扯！没那回事儿！……"

---

① 俄罗斯地名。

"你爱上他啦！"基里亚诺娃兴奋异常地惊叹，"姑娘们呐，我们的布里奇金娜丢了魂啦！被军官勾走了魂呀！"

"可怜的丽莎呀！"古尔维奇附和着大声叹了口气。

大家立刻七嘴八舌热闹起来，哄堂大笑，而丽莎却大哭起来，跑进了树林。她独自一人坐在树墩上流眼泪，直到丽塔·奥夏宁娜跑来找到了她。

"嗨，你怎么啦，小傻妞？生活就该简单些。简单些，明白吗？"

丽莎一直被羞怯压抑得几乎窒息，而准尉则整天忙得喘不过气，要不是这次任务，他们两人的视线几乎不可能相遇。所以此刻，丽莎欢快地飞奔在丛林里，就像长了翅膀。

"以后我们俩一起唱，丽莎维塔。"准尉说，"完成这次战斗任务，我们就一起唱……"

丽莎想着他说的话，笑容在脸上绽放。心底那股强大而又模糊的情感她羞于触及，偶尔克制不住在心中萌动时，便会将她丰满的脸颊烧得通红。她满脑子全是他，很快便把那棵当作记号的松树甩到了脑后，等来到沼泽边才想起了拐棍的事情，可已经不想再回去拿了。四周被风吹倒的断木、枯树和枯枝散落一地，丽莎迅速找了一根趁手的杆子。

踏入稀软的泥淖前，她凝神倾听了片刻，接着便老练地脱去了短裙。她把短裙系到杆子的顶端，仔仔细细地把军装掖进腰带，再勒紧浅蓝色的军用紧腿裤，便跨进了沼泽。

只是这一次没有人在前面拨开稀泥领路了。稀稠的泥浆裹住了大腿，沉重地拖住她，丽莎喘着粗气，扭动着身体，艰难地朝前挪动。每走一步，她都觉得快要被冰冷的水冻僵，可视线始终不敢离开岛上那两棵松树。

但是不论稀泥、寒冷还是脚底活生生宛如会呼吸的土壤，都不足以让她感到恐惧。遍布全身的孤独感才是真正的恐惧来源，还有来自地狱般的死寂，在褐色的沼泽上空挥之不去。丽莎感受到了几近动物本能的惧怕，每向前挪一步，这种惧怕非但没有消失，反而愈加在内心积聚起来。她浑身凄凉而又无助地颤抖，不敢回头看，生怕做出多余的动作，甚至不敢大声出气。

她不记得自己是怎么爬到的。她慢慢匍匐着爬上了小岛，一头埋进腐臭的草地里，痛哭起来。她抽抽搭搭，胖胖的脸上挂满泪水，寒冷、孤独感和无论如何都摆脱不掉的恐惧感让她浑身发抖。

她突然一跃而起，脸上已经不再流泪。鼻子用力吸着气，穿过了小岛，盯准了前行的方向，顾不上喘息一会儿，顾不上平复心情，也顾不上振作士气，便跨进了泥潭。

一开始水并不深，丽莎趁机喘息片刻，甚至心情也好了起来。就剩最后一点路了，不管这段路有多难走，前面就是旱地啦，是坚硬、亲如骨肉的土地，长满了青草和树木。丽莎已经开始考虑，去哪里找个地方涮洗干净。她一边回想来时遇到的水塘和深坑，一边想着是不是把衣服也一起洗了，或者干脆回到分流调度站再说。前方剩下的路实在不值一提，每一个拐弯的地方她都记得一清二楚，她满心欢喜地计算着，还有一到一个半小时就能跑回驻地了。

越来越难以前行，泥浆已经漫到了膝盖，但每次向前纵身一扑，对岸就离得更近一些，丽莎甚至已经清晰地看到了树墩的裂纹。准尉就是从那个树墩上纵身跳进沼泽的。他跃起的姿势非常笨拙，差点一个趔趄摔倒。

不觉又想起瓦斯科夫，丽莎竟忍不住笑了起来。他们要一起唱歌，等到指挥官完成战斗任务，回到分流调度站后，他们一定要一起唱。不过她必须略施小计，想办法傍晚时分把他骗出来，骗到树林里。到那时候……倒要看看，谁更厉害，是她，还是女房东。那女人不就是占了和他同住一个屋檐下的优势吗，还能有其它什么……

一个巨大的褐色水泡突然鼓了起来，在她眼前沉闷地炸裂了。这一幕来得那么措手不及，丽莎还没能叫出声，便本能地摔向一边。虽然只是歪斜了一步，可脚下的支撑却立刻消失了，整个人便悬在了冰冷的泥浆里，不停晃动的稀泥就像柔软的钳子，勒住了她的双腿。积聚已久的恐惧感猛地喷涌而出，尖锐的疼痛刹那间占据了她整个心脏。她不顾一切地稳住身形，拼命挣扎着爬回原先的路径，整个人的重量便压在手中的杆子上。只听啪的一声脆响，枯树枝断了。丽莎脸朝下，一头栽进了冰凉的稀泥里。

脚下的土地没有了。两条腿慢慢地被拖向深处，慢得让人心悸。丽莎双手胡乱地拍打着泥浆，喘着粗气，在浓稠的泥浆里不断扭动身体。那条路应该就在身边，只需一步，甚至半步便能踩到，可这半步却无论如何也迈不出去了。

"救命！……来人啊！……救命！……"

撕心裂肺的呼救在沼泽上空孤独无依地回荡良久，却换不回赤褐色沼泽的丝毫怜悯。呼喊声一次又一次冲向松树的树梢，却一次次被赤杨初生的绿叶绊住，声音越来越喑哑，终于最后一次用尽了全力，冲向万里无云的天空。

丽莎久久地盯着这一片明媚的蓝天。她大口喘着气，往外吐着泥浆，挣扎着，挣扎着朝天空伸出手去，她挣扎着，依然充满信心。

太阳渐渐爬上了树梢，阳光洒进了沼泽地，丽莎最后一次看见了太阳的光芒，既温暖柔情，又明亮炫目，正如明天的承诺。直至生命最后一刻，她仍相信，属于她的明天一定会到来……

8

这时候，姑娘们正嘻嘻哈哈笑着，一边大嚼特嚼（当然啦，也只有干粮能下酒了），敌人已经躲开大老远了。换言之，敌人脚底抹油溜走了，离开了这群吵吵闹闹的婆娘和连人影都没见着的汉子们，躲进了林子里，藏了起来，就像从没出现过一样。

但是瓦斯科夫并不开心。他不仅作战经验丰富，打猎也是行家里手。他心里很清楚，敌人也好，熊也好，让他们脱离视线总不是好事情。鬼知道，对方会打些什么主意，要闯到哪里去，又会在哪里设下暗哨。这种情况简直就是一场乱糟糟的围猎，你不知道究竟是谁在猎捕谁，是你在捕猎熊呢，还是熊在捕猎你。为了避免这种局面，准尉把姑娘们留在岸上，自己则和奥夏宁娜去侦察了。

"跟紧我，玛格丽特。我站起来，你才能站起来，我卧倒，你也要卧倒。和德国人玩捉迷藏，差不多就是和死神玩游戏，你要用心听，眼睛也要特别留神。"

说罢自己便走在了前面。从一棵灌木到下一棵灌木，从这块礁岩到另一块礁岩，他专注地盯着一草一木，耳朵紧贴在地面上，闻着空气里的气味，浑身神经紧绷，就像一颗扯紧环扣的手榴弹。一直到看清楚一切，听清楚所有动静，他才轻轻招了招手，奥夏宁娜便立刻蹑手蹑脚朝他靠拢过来。俩人谁也不说话，倾听着树丛里是否冒出了沙沙声，愁愁的喜鹊是不是受到了惊吓。准尉再次弯下腰，影子般向前滑去，躲到下一个隐蔽处。丽塔则留在原地，替准尉继续聆听。

他们就这样越过山岭，来到主阵地，接着又钻进了小松树林。今天早晨，布里奇金娜就是借助这片小松林，绕过德国人，没入了丛林里。现在一切都静悄悄的，风平浪静，仿佛入侵者从未来过这片荒郊野岭。可是菲多特·耶夫格拉费奇既没有让自己放松警惕，也同样没有让下士懈怠。

小松林后面是列贡特湖平缓的岸坡，长满了青苔，遍地都是圆溜溜的礁石。小松林轻巧地避开了岸坡，在小山丘上蔓延开去，可还是有几棵长得歪歪扭扭的白桦树，夹杂着几棵稀稀拉拉的矮松，从岸边延伸进了小松林。

到了这里，准尉不再往前了。他端着望远镜在灌木丛里来回搜索，又听了一会儿，接着便欠起身来，用鼻子久久地捕捉顺着斜坡朝波平如镜的湖面散去的微风。丽塔服从地卧倒在他身边，一动不动，心里却有些恼火，因为苔藓正渐渐浸湿她的衣服。

"闻到了吗?"瓦斯科夫小声问,随即仿佛发自内心般哈哈一笑,"有文化真是害了德国人:竟然想喝咖啡了。"

"您怎么知道?"

"飘过来那么一点点气味,说明他们已经坐下吃早饭了。只不过,十六个人都在一起吗? ……"

他想了想,轻轻地把步枪靠到一棵小松树上,勒了勒皮带,勒到勒不动为止,蹲了下来。

"玛格丽特,一定要数清楚,看看有没有人脱队。记住了,只要枪声一响,你千万别犹豫,马上离开。带上姑娘们离开这里,一直向东跑,不要停留,直到看见运河为止。到那里汇报德国人的情况,不过我觉得,他们也许已经知道了,因为丽莎维塔·布里奇金娜现在差不多应该已经到了分流调度站。明白了吗?"

"不行。"丽塔不同意,"那您呢?"

"奥夏宁娜,不许这样。"准尉严厉喝止,"我们来这里可不是为了采蘑菇野果。我要是暴露了,按理说,他们不会活着放了我,这不用怀疑。所以你要立刻离开。这是命令,明白了吗?"

丽塔阴沉了脸,没有说话。

"你该怎么回答,奥夏宁娜?"

"应该回答——明白。"

准尉微微一笑，弯下腰，跑向最近一块圆石礁。

丽塔一直盯着他的背影，可结果还是没注意到，他的身影是怎么消失的。他仿佛出其不意地溶化在灰蒙蒙长满苔藓的巨石堆里。短裙和军装的袖子已经湿透，她又卧了一会儿，便向后爬去，坐到了石头上，警惕地聆听林中安详的林涛。

等待的时候，她的内心几乎很平静，她坚信，不会发生任何不测。自小的教养就告诉她，只能期待幸福的结局。质疑成功对她这一代人而言，几乎等同于背叛。当然，有时候她也会感到害怕，会产生动摇，可内心却始终相信，完美的结局终究会战胜现实。

尽管丽塔听得很仔细，也一直在专心等待，可菲多特·耶夫格拉费奇悄无声息的出现还是让她吃了一惊。只见松树的枝杈微微一颤，他一声不响地拿起步枪，朝她点了点头，转身闪进了树丛。到了礁岩丛里才停下脚步。

"你不是个好战士，奥夏宁娜同志。你太没用了。"

可他的语气一点不严厉，甚至还带着关切，于是丽塔笑了：

"为什么这么说？"

"你叉开两条腿坐在树墩上，就像农家院里散养的黑母鸡。可我是命令你卧倒啊。"

"地上很潮湿啊，菲多特·耶夫格拉费奇。"

"潮湿……"准尉不满意地重复了一遍，"算你命大，他们还在喝咖啡，不然一眨眼就要了你的命。"

"看来，让您猜中啦？"

"我可不是算命婆，奥夏宁娜。十来个人在吃东西，我看到他们了。有两个埋伏起来的暗哨。其余几个，我猜，在别的地方执勤。他们可能会待上一阵子，还在篝火上烤袜子呢。我们刚好趁这机会改变部署。我在岩石堆里转一会儿，盯住他们，你呢，玛格丽特，赶紧去叫战士们。要注意隐蔽，叫她们过来。绝不准嘻嘻哈哈！"

"我明白。"

"对了，我把黄花烟倒出来了，放在那边晒。劳驾你拿过来。别的东西嘛，当然也一起拿来。"

"这就拿来。菲多特·耶夫格拉费奇。"

趁奥夏宁娜去叫战士们，瓦斯科夫把远远近近的石头爬了个遍。当准尉看清楚了，听明白了，也闻了个遍，确认附近别说德国人，就连德国人的鬼影都见不到一个，这才稍稍放松了心情。无论怎么估算，丽莎·布里奇金娜此刻也该快到分流调度站了。只要她汇报了情况，破坏分子就会陷入无形的天罗地网。傍晚前，嗯，最迟绝不超过次日黎明！——增援部队就会到了，到时候他只要指个路……就能把姑娘们藏到礁岩后躲起来。而且要躲得远一点，免得让她们听见骂娘的污言秽语，因为一场近身肉搏战是在所难免的。

他又一次大老远就确认，他的战士们朝这边过来了。她们似乎既没有喧哗，也没有不小心碰到什么，更没有窃窃私语。可就是那么奇妙！哪怕在一俄里以外，指挥官也能准确无误地感觉到，是她们来了。或许是她们拼命奔跑而过于急促的呼吸，也或许是她们身上花露水的气味早早飘了过来，不过菲多特·耶夫格拉费奇暗自庆幸的是，破坏分子当中没有真正懂得打猎的行家里手。

此刻想抽烟想得坐立不安，因为他在岩石堆和丛林里爬来爬去，少说也有两个多小时了。本来是为了不受诱惑，他才把烟荷包留在姑娘们那里，放在了一块岩石上。和姑娘们一见面，他立刻先警告不得说话，随即便伸手讨要烟荷包。可奥夏宁娜却两手一拍：

"忘了呀，菲多特·耶夫格拉费奇，亲爱的，忘拿了！……"

准尉嗓子眼里咕噜一声。咳，你呀，女人本来就不长记性，见鬼了，算你倒霉吧！这要是个男人，就简单多了。瓦斯科夫一准先把对方骂得狗血淋头，再打发这个马大哈回去取烟荷包。可现在还不得不倒赔笑脸。

"好吧，没关系，那就算了吧。反正黄花烟还有。我的背囊，总该，不会忘了拿吧？"

背囊是拿来了，其实指挥官并非心疼黄花烟，而是可惜那个烟荷包。因为烟荷包是赠品，上面还绣着字：赠予祖国卫士。可他还没来得及掩饰自己的沮丧，古尔维奇便已经飞奔了回去。

"我去拿！我知道放在哪儿！……"

"去哪儿，战士古尔维奇？翻译同志！……"

哪里还叫得住，只听靴子吧嗒吧嗒跑远了……

靴子踩得吧嗒响，是因为索尼娅·古尔维奇从来就没穿过靴子，正因为没有经验，所以才从军需仓库领了一双大两号的靴子。要是靴子合脚，是不会吧嗒响的，而是咚咚敲击的声音。每个基层干部都知道这一点。可索尼娅成长在平民家庭，平时根本不需要军靴，就连索尼娅的爸爸也不知道，哪些环扣是用来系紧靴子的。

她的家在涅米加河畔①，小楼的门口挂着一块铜牌，"医学博士所罗门·阿罗诺维奇·古尔维奇"。虽然爸爸只是普通的街区医生，根本不是什么医学博士，可招牌却始终没有摘掉，因为那是爷爷送的，还是他亲手钉上去的。挂上这块铜牌，是因为他儿子如今是个有学问的人了，当然要让明斯克全城都知道。

---

① 位于白俄罗斯明斯克市。

门边还挂着一个门铃的拉手，必须不停地拽拉手，门铃才会响。总是让人一惊一乍的叮当声陪伴了索尼娅的整个童年，从白天到夜里，从隆冬到酷暑。不管什么样的天气，爸爸总是拎着一个小箱子步行出门，因为马车太贵了。回到家里，便时常小声絮叨着肺结核、咽喉炎和疟疾，而奶奶总会让他多喝些樱桃甜酒。

他们是个大家庭，气氛十分和睦。自己家的几个孩子，几个侄子侄女，奶奶，妈妈娘家一个未出嫁的姐姐，还有一位远房亲戚。家里没人能独占一张床，每张床上都得挤两三个人。

上大学的时候，索尼娅还穿着用姐姐们的旧裙子改缝的连衣裙。灰蒙蒙的，把全身包得严严实实，就像铠甲一样。她很长时间都没意识到裙子的问题有多严重，因为别人跳舞的时候，她就跑去阅览室。要是碰上好运气，能搞到一张莫斯科艺术剧院顶层楼座的便宜票，她就会去看戏。直到有一天，她发现，平时坐在身边一起听讲座的眼镜男孩，根本不是出于偶然才每次尾随她躲进阅览室，她这才意识到了裙子问题的严重性。不过那已经是一年后的夏天了。他俩在高尔基文化休闲公园度过了唯一一个难以忘怀的傍晚，他送给她一本薄薄的勃洛克[①]诗集，而五天后这位邻座的男孩便志愿

---

① 亚历山大·亚历山德罗维奇·勃洛克（1880—1921），俄国著名诗人。

上了前线。

是啊，索尼娅上大学的时候，还穿着姐姐们的旧裙子改缝的连衣裙。又长又笨重，就像铠甲……

然而她也没穿多久，不过才一年。之后便穿上了军装。还有那双大两号的靴子。

在部队里，几乎没人注意到她。她总是闷声不响地埋头执行命令，而成为高射机枪手也是出于偶然。当时的前线战斗还处于消极防御阶段，翻译人员完全够用，可高射机枪手人数不够。所以上次和几架麦塞施米特战机作战之后，她就和冉卡·科梅利克娃一起被调了过来。也许正因为如此，所以只有准尉一人注意到了她的声音。

"刚才好像古尔维奇叫了？"

大家侧耳倾听起来。山梁的上空一片寂静，唯有轻风掠过。

"没有。"丽塔说，"听错了吧。"

那声音遥远而又微弱，仿佛一声叹息，便再也听不见了。可瓦斯科夫依然屏息凝神地捕捉着，捕捉着那个声音，脸色渐渐变得铁青。这一声古怪的呼叫似乎卡在了他的心里，久久如空谷回声。菲多特·耶夫格拉费奇的心凉了半截，他已经猜到，已经明白，这一声叫喊意味着什么。他眼神呆板，连说话的声音都变了：

"科梅利克娃，你跟我来。其他人原地待命。"

瓦斯科夫影子般一溜烟蹿了出去，冉卡好不容易才气喘吁吁跟上他。不过也是，菲多特·耶夫格拉费奇是轻装，而她却肩扛步枪，还穿着短裙。快速跑动时，短裙总会显得比平时更紧身。可关键是，冉卡竭尽全力不让自己发出任何声音，以至于再也顾不上别的了。

而准尉此时却浑身汗毛倒竖，正是那声叫喊让他惊心动魄。这唯一一声几乎听不见的呼喊，瞬间被他捕捉到了。他立刻明白过来，意识到出了什么事。他以前曾听到过这样的叫声，这种呼喊，会带走一切，让一切随之烟消云散，所以这一声呼喊显得格外刺耳，仿佛能够直刺内心，让人再也无法忘记这最后的刺痛。此刻，这一声呼喊仿佛冻成了冰坨，让他感到透心凉，他的心抽搐着紧缩起来。所以指挥官才慌慌张张赶了过去。

因为跑得太快，当他冷不丁停下脚步时，就像撞上了一堵墙。奔跑中的冉卡没刹住，枪托撞到了他的肩骨。可他连头也没回，只是蹲下身，手掌按到地面上，旁边赫然出现一个脚印。

脚印宽展长大，边缘有齿纹。

"德国人？……"冉卡焦急而又无声地呼出一口气。

准尉没有回答。他眼睛搜索着，耳朵倾听着，鼻子嗅着，拳头紧紧攥着，几乎能看到白森森的骨节。冉卡抬眼一望，便看到碎石上溅着鲜血，已经发黑。瓦斯科夫小心翼翼举起一块碎石，一滴浓稠的黑血凝结在上面，仿佛仍鲜活涌动。冉卡晃了晃脑袋，想要大叫出来，却硬生生哽住了。

"太不小心了。"准尉低声埋怨道，又说了一句，"太不小心了啊……"

他小心地放下石块，观察了一下四周，揣摩了一会儿谁往哪个方向去，谁又站在哪个位置，随后便朝岩石后走了过去。

古尔维奇蜷着身子，躺在礁岩的裂缝中，两只粗笨的厚油布长靴斜斜地支起了烧破的短裙。瓦斯科夫拽住她的皮带，稍稍抬起了她的身体，一把托住腋下，将她拖了出来，仰面平放在地上。

索尼娅两眼半睁，失神地望着天空，军装的前胸洇开一大摊鲜血。菲多特·耶夫格拉费奇小心地解开军装，耳朵贴住她的胸口。他听着，听了好久。冉卡在他身后没有发出声音，只是浑身颤抖，咬着拳头。然后他直起腰，轻轻抚平了粘在姑娘胸前的血衣。衣服上明显有两个狭窄的刀口。一个在左胸，刺在乳房上。另一个稍微偏下方，正中心脏。

"难怪你还叫出声了呢。"准尉叹了口气，"你还来得及叫一声呢，他刺的时候以为你是男人。第一刀没刺中心脏，被乳房挡住了……"

他掩上了衣领，扣上纽扣，每一颗都扣整齐，把她的双手叠放在胸口，想要合上她的双眼，却做不到，反而把鲜血沾满了她的眼皮。他只好站起身：

"先在这里躺一会儿吧，索涅齐卡①。"

只听冉卡在身后一声哽咽，准尉铁青了脸，从眉毛底下扫了她一眼：

"现在不是哭哭啼啼的时候，科梅利克娃。"

说完便猫起腰，凭直觉揣摩模糊的齿纹脚印留下的方向，迅速朝前走去。

---

① 索尼娅的爱称。

9

是德国人守株待兔袭击了索尼娅，还是她意外撞上了他们？她毫无戒备地在这条已经跑过两回的路上奔跑，急急忙忙为他——准尉瓦斯科夫——取来那罪该万死的黄花烟。她兴奋地奔跑，完全没来得及意识到，从哪儿冒出一个大汗淋漓的沉重身躯，猛地压在了她柔弱的肩膀上。她也根本始料不及，心脏为什么会突然遭受尖锐而又巨大的疼痛……不，她意识到了。她不但意识到了，还来得及叫出声来，因为第一刀没能刺中心脏，是乳房挡住了刀锋。她的乳房本来就紧绷而又高耸。

也或许，情况并非这样？也许他们早就在等着她自投罗网？也许这帮破坏分子骗过了毫无经验的姑娘们，也骗过了他这个荣膺过侦察勋章的超期服役老兵？也许，并不是他在猎捕这些人，而恰好相反，是他们在猎捕他？也许，他们已经洞察一切，早就成竹在胸，定下妙计，只等出手致命一击？

可是，眼下控制瓦斯科夫的不是恐惧，而是狂怒。狂怒几乎使他无法自持，只觉眼前天昏地暗，钢牙几乎咬碎。他此时只有一个想法：追上他们。追上他们，然后再看鹿死谁手……

"落到我手里，你连叫都没机会。绝不，你绝对叫不出来……"

几块圆礁石上还残留着淡淡的足印，菲多特·耶夫格拉费奇已经确定，那是两个德国人。他再次无法原谅自己，再次痛心疾首地后悔，竟然没能看透他们，竟然指望他们还只是在篝火的对岸转来转去，不会来到这一边。结果自己的翻译就这么被他葬送了，而昨天他们还分享过同一个饭盒。这种疼痛不停地撕扯、撞击着他的心，只有一件事情能让他冷静下来，那就是追捕。他什么都不愿意去想，也没有回头看科梅利克娃。

冉卡心里很清楚，他们要去哪里，为什么那么着急。虽然准尉什么都没说，但她知道，虽然知道，却没有丝毫惧怕。她的身体似乎突然凝结了，此刻既感受不到疼痛，血液也不再流动。全身仿佛如箭在弦，只等她一声令下，可冉卡并没有下达命令，此时此刻也没有任何事情能分散她的注意力了。爱沙尼亚女人掩护她的时候，也有过这种情况。那是四一年的夏天，距今差不多有一年了……

瓦斯科夫举起了手，她立刻停下脚步，拼命屏住了呼吸。

"歇一会儿。"菲多特·耶夫格拉费奇的声音几乎听不见，"他们就在这里。很近。"

冉卡全身都压在步枪上，扯开了领口。她非常想放松整个胸膛，大声地喘气，可是却只能过筛一样，一点一点向外呼气，所以内心根本平静不下来。

"他们就在那儿。"准尉小声说。

他的目光穿过了岩石的缝隙。冉卡朝那里看了一眼，稀稀拉拉的白桦树丛从他们身边一直延伸到密林里，几棵白桦树柔嫩的树梢正轻微地晃动。

"他们会经过这里。"瓦斯科夫头也不回继续说，"你就待在这里。只要听到我鸭叫，你就发出响动。嗯，用石头敲，枪托也行，吸引他们朝你这边看，然后立刻躲起来。明白了吗？"

"明白了。"冉卡说。

"注意，等我鸭叫。不要太早。"

他用力深深地吸了一口气，纵身跃过圆石，直插桦树林。

最重要的是，一定要背着阳光扑过去，让他们眼花缭乱看不清。另外，还有一点也很重要，一定要扑到他们背上去。猛地扑上去，把他摔倒在地，一刀命中，绝不让他喊出声，就像按进水里溺死他……

他选择了一个绝佳的位置，德国人既绕不过去，也发现不了他。他隐蔽在白桦树丛中一块光秃秃的空地后面，而德国人就会暴露在他的眼前。本来，他完全可以从这里开枪射击，而且一枪一个准，但他没有把握，枪声是否会惊动大队人马，提前打草惊蛇可没什么好处。所以他赶紧又把左轮手枪塞回枪套，扣上搭扣，以免不小心掉出来。接着又检查了一下缴获的芬兰军刀，看拔出来是否顺手。

就在这时，德国佬第一次公然暴露在稀疏的白桦树丛中，现身在早春刚露芽的枝叶间。和菲多特·耶夫格拉费奇猜想的一样，果然是两个人，走在前面的是一个彪形大汉，右肩挎着自动步枪。此刻掏出左轮手枪干倒他们是最佳时机，正是时候，可准尉再次打消了这个念头，倒并不是担心枪声会扰敌，而是想起了索尼娅，他不甘心让对方死得太轻巧。一定要以牙还牙，血债血偿，他此刻毅然决意，非如此不足以报仇。

德国人走得大大咧咧，没有什么戒备。走在后面的那个甚至还嚼着干饼，一个劲舔着嘴唇。准尉测准了他们的步距，估算清楚，把握好他们靠近的时间，拔出了芬兰军刀。就在第一个人离他还有一个箭步的时候，他急促地叫唤了两声，酷似野鸭。德国人猛地一仰头，这时，科梅利克娃在他们身后用枪托敲起了岩石，就在他们急忙转身朝响动的地方看去时，瓦斯科夫纵身一跃。

这一跃，他估算得十分精确。这一瞬间的时机刚好，距离也精准，不多不少。他刚好跳到德国人的背上，双膝紧紧夹住了对方的手肘。德国佬还没来得及出口气，没能哎哟叫出声，准尉的左手便猛然按住他的额头，把他的脑袋向后一勒，锋利的刀刃在抻长的脖颈上一抹。

正如预料的那样，德国人就像一头羊，还没来得及叫出声，嗓子眼里只咕噜作响，立刻血流如注。待他歪身倒地，指挥官又一跃而起，从他背上跳下，扑向了另一个。

才一瞬间的工夫，仅仅只有一瞬间，第二个德国人刚才还背对着他，刚要转过身来。也许是瓦斯科夫力气不够，第二次没能跳起来，也或许他稍有耽搁，一刀没有刺中德国人。虽然打落了对方的自动步枪，可自己的军刀也掉落在地。军刀上已满是鲜血，跟抹了肥皂一样滑溜。

这下变得很狼狈，原本的作战计划冷不丁成了一场拳打脚踢的贴身肉搏。德国佬虽然中等个子，却灵活顽强，筋骨强健。瓦斯科夫怎么也钳制不住他，没法把他压在身下。两个人在岩石与白桦树之间的青苔地上扭打撕扯，可德国人却一直都没叫唤。不知道是觉得自己有把握制伏准尉，还是仅仅为了保存体力。

可菲多特·耶夫格拉费奇在这个节骨眼上又一次失手

了。本想换个招式更趁手地抱住德国人，没想到对方竟滑脱出去，竟然还趁机从刀鞘里抽出了自己的军刀。这下瓦斯科夫害怕了，不得不分出大部分注意力和力气对付这把刀子。德国人最终占了上风，骑到他身上，粗壮的两腿夹住了他。匕首尖利的刀锋一点一点抵近他的咽喉。准尉一直死死撑住他的手，一直处于下风的守势。可德国人毕竟用全身体重自上而下压住了他，这种情况持续不了多久。指挥官和德国人显然都很清楚这一点，要不然德国人是不会平白无故这么龇牙咧嘴的。

可突然却瘫软了，就像一只口袋，瘫软了。菲多特·耶夫格拉费奇一开始没明白，他根本没听见第一声打击。可第二声他听清了，沉闷得就像打在腐朽的树干上。热乎乎的鲜血随即溅到了他脸上，只见德国人朝后仰去，歪斜着嘴大口呼吸。准尉推开了他，夺过刀子，果断地扎进了他的心脏。

这时他才转过身去，只见战士科梅利克娃就站在他眼前，手里握着步枪，好像抓着一根棍子。枪托上已满是鲜血。

"好样的，科梅利克娃……"准尉换了三口气才说完，"我要……好好……谢谢你……"

他想站起来，却站不起来，就这样瘫坐在地上，鱼一样张口呼吸。他只是回头看了看第一个人。那个德国佬十分健壮，简直像头公牛。他还在抽搐，嗓子里咕噜作响，鲜血一股股直往外冒。而第二个人已经不动了，临死前缩成了一团，就这么僵硬了。作战计划完成了。

"你看，冉妮娅。"瓦斯科夫小声说，"这下，他们少了两个人了。"

可冉卡突然扔掉了步枪，弯下腰，踉踉跄跄地扎进了灌木丛，活像喝醉了酒。她双膝一软跪倒在地，胃里一阵恶心，吐了起来。她一边抽泣，一边还叫着谁。叫妈妈吧，也许是……

准尉站起身。可膝盖还在颤抖，心头也紧缩似的隐隐作痛，但现在已经不能浪费时间了。他没有去碰科梅利克娃，没有叫她，他自己深有体会，第一次亲手杀戮总会扭曲人的内心，这就像突破了生命的极限一样，违反了"不可杀人"①的自然法测。但是必须适应，让自己变得铁石心肠。别说是叶甫盖尼娅这样的战士了，即便力大如牛的壮汉，也要承受肝胆俱裂的痛苦，直到他们的良知彻底涅槃重生。更何况刚才举起枪托砸活人脑袋的是个女人，一个婆娘，是未来要做母亲的人，痛恨杀戮本来就是她与生俱来的天性。菲多特·耶夫格拉费奇把这笔账同样算在了德国人头上，因为他们的行为已经违背了人性的法则，他们当然也应该被排除

----

① 即《圣经》中"摩西十诫"的第六诫。

在任何人性法则之外。所以当他在两具余温尚存的尸体上翻找时，只感到了厌恶，发自内心的厌恶，就好像在翻动野兽的尸体。

他果然找到了想要的东西。那个刚把灵魂奉献给了上帝的彪形大汉，嗓子眼里已经不再咕噜作响，就在他身上的口袋里，准尉找到了烟荷包。正是属于他，属于他瓦斯科夫准尉个人的烟荷包，上面绣着字：赠予祖国卫士！他攥在了手心里，死死地攥着。索尼娅没能送到……他一脚踢开夺走索尼娅生命的毛茸茸的手臂，走到冉卡面前。她仍然跪在灌木丛里，不停地哽噎，不停地抽泣。

"走开……"

他把攥紧的拳头伸到她眼前，摊开了手掌，让她看烟荷包。冉卡立刻抬起头来，认出了它。

"站起来吧，冉妮娅。"

他扶着她站起来。本想带她回去，到空地那边，可冉卡只跨了一步，便停了下来，使劲摇起头来。

"别这样。"他说，"难受过了，该振作起来了。你要明白一个道理：这是兽行。他们不是人，战士同志，他们算不得人，甚至连野兽都算不上，他们是法西斯。你也不能把他们当人看。"

可是冉卡眼下连看的力气都没有，菲多特·耶夫格拉费奇便没有勉强。他拿走了自动步枪、备用弹夹，还想带走军用水壶，可是瞟了一眼科梅利克娃，便打消了念头。去它的吧，反正没多大用处，还能让她轻松些，也免得睹物思人。

瓦斯科夫没有把尸体掩藏起来，反正空地上一大摊血迹也无法铲除干净，再说也没有意义，天色眼看将近黄昏，后援部队应该很快就会到来。留给德国人的时间不多了，准尉就是想让他们胆战心惊地度过这段时间。就是要让他们四处乱窜，让他们摸不着头脑，是谁干掉了他们的侦察兵，就是要让他们疑神疑鬼，处处草木皆兵。

准尉在最近的一个小水塘里（这里的水塘太多了，就跟这个红头发女孩子脸上的雀斑一样多）洗了把脸，稍微整理好扯破的军装衣领，便问叶甫盖尼娅：

"要不，你洗一把？"

她摇了摇头。不行，现在还没法开导她，也没法让她分心……准尉叹了口气：

"能找到我们的人吗，要我陪你去吗？"

"能找到。"

"去吧。一会儿——来索尼娅这里找我。你去那里……一个人，会不会害怕？"

"不怕。"

"还是小心为好。你该懂的。"

"我懂。"

"那好，去吧。不要在那里耽搁太久，事后我们再哀悼。"

两个人分开了。菲多特·耶夫格拉费奇目送着她的背影，直到完全看不见。她的步伐凌乱，看来还沉浸在自己的情感里，并没注意有没有敌人。唉，她这样子也能算征战沙场的勇士啊……

索尼娅微阖的双眼失神地盯着天空。准尉再次尝试将它们闭上，可他又一次失败了。于是他解开了她军装上的小口袋，从里面掏出了共青团员证、翻译培训证明，还有两封信和一张照片。那张照片上很多人都穿着便服，可中间是谁，瓦斯科夫没能看清楚，因为刀尖刚好刺中了这个位置。不过他找到了索尼娅。她站在一侧，身穿长袖连衣裙，宽大的领口，细长的脖子在领口里支棱着，活像套上了一副枷锁。他想起昨天的谈话，也想起了她心中的忧伤，这才痛苦地意识到，列兵索菲亚① · 所罗门诺芙娃·古尔维奇英勇阵亡的事迹竟然没有可以通知到的人。过了一会儿，他用口水打湿她的手帕，替她擦去湿润的眼睑上的血迹，又用这块手帕盖住了她的脸。接着他将证件装进了自己的口袋，装进左前胸的口袋，和他的党证放在一起。然后他坐到一边，从具有重大

---

① 索菲亚是索尼娅的大名。

纪念意义的烟荷包里掏出烟，抽了起来。

此刻，心中的愤怒已经消退，痛苦也已平复，只是忧伤仍在心里激荡，几乎要喷涌而出，撞击得嗓子发痒。而现在该好好想一想，权衡一下局面，厘清所有头绪，判断下一步该怎么行动。

就地处置了两个巡逻兵相当于已经暴露了自己，可他并不后悔。现在的时机对他有利，各条渠道都在传递关于他们和破坏分子的报告，或许，战士们已经得到了如何尽快消灭这几个德国佬的指示。三个小时，嗯，顶多不会超过五小时吧，他们四个人必须共同对付十四个人，完全可以坚持住。更何况，他们已经迫使敌人放弃了直达行进路线，转而绕道列贡特湖。而绕着列贡特湖走，少说也要拖沓一昼夜。

他的队伍带着所有家当回来了。派出去两个人，当然是让她们各自分头行动，可她们还是把所有零碎个人物品一起带了来，于是小分队便像一个善于囤积物资的大家庭一样，壮大了起来。嘉丽娅·切特维尔塔克一见到索尼娅便浑身哆嗦，当即就要嚎啕起来，可奥夏宁娜立刻凶狠地喝止她：

"现在不许嚎丧！……"

于是嘉丽娅住了嘴。她跪倒在索尼娅头边，小声地哭泣。而丽塔只是艰难地喘着气，两眼却干枯得如同木炭，没有流一滴泪。

"来，帮她清理一下吧。"准尉说。

他拿起斧子（唉，当初就没想过要带上一把铲子用来对付这种事情！），走进乱石堆里去找一块安葬的地方。这里找找，那里捅捅，遍地岩石，根本无从入手。总算找到了一个坑。便砍下许多树枝，填满了坑底，然后才走回来。

"她还是个优等生呢。"奥夏宁娜说，"一直都是优等生——中学和大学都是。"

"是啊。"准尉点头，"还会念诗呢。"

可他心里想的却是：这才不是主要的。主要的是，索尼娅本可以生孩子，而她的孩子又能生孙子和重孙子，可现在这条线断了。人类生生不息的繁衍纱锭上，一根细小的纱线断了，被刀子割断了……

"抬起来吧。"他说。

科梅利克娃和奥夏宁娜抬起双肩，切特维尔塔克抓住两脚，跌跌撞撞，摇摇晃晃地抬了起来。切特维尔塔克的一只脚还总是瘸着，行走起来笨拙滑稽，因为这只脚上还套着他新做的树皮靴。而菲多特·耶夫格拉费奇则拿着索尼娅的军大衣跟在她们身后。

"停下。"他站在坑边说，"暂时放在这里。"

几个人把索尼娅放在坑边，她的脑袋却摆不正，总是歪向一边，科梅利克娃便把军帽垫在了一侧。菲多特·耶夫格拉费奇想了想，阴沉下脸来（噢，他其实不愿意这么做，真心不愿意！），他没有看着奥夏宁娜，嘟嘟囔囔说：

"抓住她的两只脚。"

"干吗？"

"让你抓住，就抓住！不是这里，抓住膝盖！……"

说着便从索尼娅脚上扯下了一只靴子。

"这是干什么？……"奥夏宁娜失声叫道，"不能这样！……"

"干什么，有位战士还光着脚呢，就因为这个。"

"不，不，不行！……"切特维尔塔克浑身颤抖起来。

"我们可不是在儿戏，姑娘们啊，"准尉叹了口气，"要为活着的人考虑，战场上只有这一条法则。抓好了，奥夏宁娜。我命令你，抓好。"

他扯下了第二只靴子，扔给了嘉丽娅·切特维尔塔克。

"穿上吧。你也别再难过了，德国人可不会干等。"

他下到坑里，接过索尼娅，用军大衣裹住她，平放在地。接着便接过姑娘们递来的石块，一块一块地垒起来。几个人沉默不语，默契地干着。小丘堆成了，准尉把军帽放到坟顶上，又压上一块石头，科梅利克娃插上一根绿色的小树枝。

"在地图上做好标记。"他说，"仗打完了，要给她立块纪念碑。"

他校正好地图的方向，标上了一个小十字。抬眼一看，切特维尔塔克依然穿着那只树皮靴。

"战士切特维尔塔克，怎么回事？怎么还不穿上靴子？"

切特维尔塔克浑身发抖：

"不行！……不要！……不，不，不可以这样！这是有害的！我妈妈，是医务工作者……"

"别再胡说了！"奥夏宁娜突然一声断喝，"够啦！你没有妈妈！从来就没有。你是个弃婴，别在这里胡编乱造！……"

嘉丽娅哭了起来。哭得心酸，哭得委屈，就像一个小孩，被弄坏了心爱的玩具……

10

"唉，干吗要这样，干吗呀？"冉卡责怪道，一把搂住了切特维尔塔克，"我们可不需要这么凶啊，不然自己也会变得凶残，变得和德国人一样凶残了。"

奥夏宁娜不再说话了。

嘉丽娅确实是个弃婴，甚至姓氏都是保育院里取的：切特维尔塔克。就是因为她的个头比所有人都矮，矮了四分之一①。

保育院设在从前的修道院里。圆滚滚的灰色潮虫常常从回声响亮的穹顶上纷纷掉落。很多教堂被改造成了日常起居场所，可由于太过匆忙，一些长着络腮胡子的圣像都还没有抹干净。而一间间本来修道士住的单人房里，阴冷得就跟地窖一样。

嘉丽娅十岁的时候就已经大出风头，她曾自导自演了一出自修道院建成以来闻所未闻的闹剧。有一回，她半夜起床上厕所，竟然发出一声绝望的尖叫，惊醒了整座修道院。从被窝里跳出来的保育员们在昏暗的走廊地板上找到了她，嘉丽娅有板有眼地描绘说，有个络腮胡老头想把她拖进地下室。

这就构成了一桩"袭击案"……可让人困惑的是，熟人里并没有一个人是留着络腮胡的。几个侦查员和不够老练的福尔摩斯闻讯赶来，大家耐着性子详细询问嘉丽娅，每谈一次话，事件就增添一些新细节。只有和嘉丽娅非常要好的老总务主任最终把事情查了个水落石出——嘉丽娅之所以和他要好，因为嘉丽娅那么响亮的姓氏正是他的创意——原来这一切全是她的凭空想象。

很长一段时间里，大家都嘲笑嘉丽娅，看不起她，可她一转眼又编起了童话故事。说实在的，她编的故事很像大拇指的童话，可是，首先，主人公男孩子变成了女孩子，其次，故事里还出现了几个络腮胡老头和阴森的地下室。

等到大家听腻了童话，她的风头也就过去了。嘉丽娅没再编撰新的童话故事，可保育院里却传开了谣言，说修道士们曾埋下了宝藏。挖掘宝藏的亢奋像传染病一样席卷了所有孩子，没过多久，修道院的院子就被挖成了采砂场。没等领导应付完这件伤脑筋的事情，地下室又冒出了衣袂飘飘的白袍幽灵。很多人都声称看到了幽灵，于是，无论由此造成的恶有多尴尬，孩子们全都坚决拒绝半夜起床尿尿。这几乎演变成了一场灾难，保育员们不得不暗中设法捉拿巫婆。而

---

① 切特维尔塔克即俄语"四分之一卢布"的音译。

第一个被当场逮到的巫婆，便是身披公家床单的嘉丽娅·切特维尔塔克。

这件事后，嘉丽娅不再胡闹了。她开始用功学习了，照顾起十月儿童①来，甚至答应了参加合唱队，尽管她真正梦想的，是能独自担纲演出，身穿长裙，接受众星捧月般的膜拜。而这时，她坠入了初恋的爱河。可由于她总是习惯于把事情搞得神秘兮兮，所以很快整栋楼里字条和情书随处可见，她动辄泪流满面，约会也成了家常便饭。作为罪魁祸首的她又一次遭到训斥，大家千方百计地想要尽快摆脱她，后来终于为她破格申请到一笔高额助学金，打发她去了图书馆专科技校。

战争爆发的时候，嘉丽娅正读三年级。第一个星期一，他们全班便全体来到了兵役委员会。全班同学均录用，唯独嘉丽娅被拒之门外，因为她无论身高还是年龄，都不够参军的标准。可是嘉丽娅并不泄气，她在兵役委员会软磨硬泡，丝毫不脸红地信口开河，以至于本来就深受失眠之苦的中校最终溃不成军，破例把她派去当了一名高射机枪手。

梦想一旦成为现实，浪漫的色彩便会消退。现实世界竟是如此严峻而又残酷，它要求的从不是英雄主义的一时冲动，而是严格执行军事守则。过节般的新鲜感很快烟消云

①　苏联加入少先队前一至三年级的小学生或学龄前儿童。

散，而前线的日常生活和嘉丽娅想象中的全然不同。嘉丽娅倍感失落，她成天垂头丧气，夜深人静时分还时常偷偷哭泣。不过这时候来了个冉卡，世界顿时重又旋转起来，转得飞快时又欢畅淋漓。

可是嘉丽娅不撒谎就活不下去。不过实际上，这算不得谎言，而是用来取代现实的内心愿望。于是这世上就有了妈妈，一个医务工作者，就连嘉丽娅自己都差点信以为真了……

时间已经耽搁了不少，瓦斯科夫焦虑万分。眼下最重要的是尽快离开这里，摸清德国人的位置，紧紧尾随他们，然后让他们自己发现那两具侦察兵的尸体。到那时，准尉就会占尽优势，彻底扭转局面。戏耍他们，骚扰他们，牵着他们的鼻子走……等待。等待，只要我们的人一到，便将他们一网打尽。

一堆事儿刚处理完，又是安葬索尼娅，还要劝说切特维尔塔克，时间可浪费不起啊。菲多特·耶夫格拉费奇趁着这工夫把自动步枪检查了一遍，把布里奇金娜和古尔维奇已经用不着的步枪稳妥地藏到一个隐蔽的地方，接着把子弹分发给大家。他问奥夏宁娜：

"用过自动步枪吗？"

"只用过我们自己的。"

"那好，这把德国佬的你拿着。我想，你一定能学会。"说着便为她示范怎么操作，还特意叮嘱说："连续射击时间不要过久，枪头会上挑的。要点射。"

谢天谢地，总算出发了……他走在最前面，切特维尔塔克和科梅利克娃保持核心队形，奥夏宁娜断后。他们走得小心翼翼，没有一丝声响，可事实上，每个人依然沉浸在内心的思绪里，好在他们奇迹般没有正面撞上德国人。简直就是奇迹，就像童话故事里说的那样。

万幸的是，准尉首先发现了他们。他刚从大圆石后面探出头来，就看见两个德国人迎面走来，其余的跟在后面。要是菲多特·耶夫格拉费奇晚到哪怕七步，那么他们的这次任务就该戛然而止了。只要两梭子弹，一切就结束了。

好在这七步是他先跨出的，所以形势完全颠倒过来。他不仅自己及时闪身躲开，还朝姑娘们摆了摆手，让她们分散开来，随即从口袋里掏出了手榴弹。好在手榴弹的导火线已提前装配好。他猛地从大圆石后面把手榴弹甩了出去，只听见一声巨响，自动步枪便开了火。

守则里称这种战斗为遭遇战。其特点是，敌人无法摸清你的兵力，究竟是侦察兵还是先头巡逻兵——他们一时猜不透。所以此刻最关键的是，不能让他们清醒过来。

菲多特·耶夫格拉费奇此刻当然不会细想。但这些早就深深烙在他的脑子里，一辈子都不会忘掉。他只想到，此刻必须射击。他还惦记着，他的战士们此刻在哪里，藏起来了，卧倒了，还是已经四散跑开了？

哒哒的枪声震耳欲聋，因为德国佬所有的自动步枪都朝他藏身的大圆石开火。一块飞溅的碎石划破了他的脸，扬起的尘土迷住了双眼，他几乎什么都看不清，眼泪哗哗直淌，也顾不上擦一下。

手里自动步枪的枪栓嘎嗒一响，向后退了回来，子弹打光了。这正是瓦斯科夫担心的那一刻。换弹匣需要几秒钟，可现在这几秒钟却是生死一线。德国人一旦朝哑了火的自动步枪方向冲过来，越过他们之间相隔的十几米，那——就完蛋了，全完了。

可这些破坏分子并没有冒出来，甚至连脑袋也没探出来，因为有另一支自动步枪牵制住了他们，那是奥夏宁娜。她每次都是点射，瞄准了才迎头射击，这就为准尉争取到一秒钟的喘息。为了报答这一秒钟，救命恩人一辈子都该用好酒供起来，直到他去世。

那场遭遇战持续了多久，事后谁也记不清了。如果以普通的时间概念来衡量，那只是一场速战速决的战斗，完全符合守则里关于遭遇战的描述。可要是用现场的感受来衡量，包括消耗的体力、承受的压力、面临的危险，对置身现场的人来说，足可抵得上相当长的一段人生，而对有些人来说，甚至可能就是整整一辈子。

嘉丽娅·切特维尔塔克吓坏了，她一枪都没打。她躺倒在地，脸藏在岩石后，两手紧紧捂住耳朵，步枪也被甩在了一边。可冉卡很快就回过神来，出于本能，她不管三七二十一开了火。也不知道打没打中，毕竟这不是射击靶场，哪顾得上瞄准。

两支自动步枪，加上一支七点六二毫米步枪，这就是全部火力了，而德国人竟然败下阵来。当然，这并非因为他们吓破了胆，而是因为还没有摸清对手的底细。他们只是开了几枪，便迅速撤走了。后来才明白，他们撤退进了林子。

突然就停了火，唯独科梅利克娃还在扫射，由于射击的反作用力，浑身筛糠似的抖动。直到弹匣打空，她才停下来。她看了看瓦斯科夫，就好像对方是从地底下冒出来的。

"没事啦。"瓦斯科夫松了口气。

一片死寂，可耳朵里还在嗡嗡作响。火药味、岩石的粉尘和烧煳的味道在空气里弥漫。准尉擦了把脸，掌心里便沾了血，看来碎石片划破的伤口有好几处。

"您伤到了？"奥夏宁娜小声问。

"没有。"准尉说，"你去照看一下那里吧，奥夏宁娜。"

他从岩石后探出头去，没人开枪。仔细观察了一下，远处和森林毗连的桦树丛里，有树梢微微颤动。他紧紧握着左轮手枪，悄然向前掠去。跑过大圆石，闪身躲到另一块圆石后面，再次探头张望。炸开的青苔地上，鲜血已经发黑。血很多，可没有尸体，已经被抬走了。

在乱石堆和灌木丛里爬了一会儿，菲多特·耶夫格拉费奇确认破坏分子没有留下任何埋伏，他才放了心，于是便站起身走了回来。这时他才感到脸上痛痒难忍，疲倦感袭来，全身就像灌了铅一样沉重，甚至都懒得抽烟。现在很想躺一会儿，哪怕十分钟也好。可还没等他走到跟前，奥夏宁娜劈头就问：

"您是共产党员吗，准尉同志？"

"是党员，布尔什维克……"

"那就请您主持共青团会议吧。"

瓦斯科夫愣住了。

"会议？……"

他发现，切特维尔塔克还在泪雨滂沱地哭着。科梅利克娃被硝烟熏得一脸漆黑，活像个吉卜赛人，两只大眼睛一闪一闪。

"贪生怕死！"

原来是这么回事儿啊……

"要开会吗，好啊。"菲多特·耶夫格拉费奇怒不可遏，"太好了，那就开会！那么，因为切特维尔塔克同志临阵乱了手脚，我们必须马上采取措施，该判她有罪，还要记录在案。是不是？……"

姑娘们不说话了。甚至嘉丽娅也停止了嚎啕，吸着鼻子听着。

"德国佬也要在我们的备忘录上加上批示。对不对？行不通。所以，我作为准尉，同时也作为共产党员，目前情况下取消所有会议。我还要汇报一下形势：德国人现在躲进了树林。手榴弹爆炸地点有很多血迹，说明我们干掉了一个。这样一来，可以认为，他们还剩十三个人。这是第一个问题。第二个问题是，我的自动步枪还剩下一个弹匣。你呢，奥夏宁娜？"

"一个半。"

"情况就是这样。至于贪生怕死嘛，根本不是那么回事儿。姑娘们，是不是贪生怕死，要到第二次战斗才能看出来。这次只是一时慌乱，因为没有经验。我没说错吧，战士切特维尔塔克？"

"对……"

"那我命令你，擦掉眼泪鼻涕。奥夏宁娜——向前出列，去监视树林。其余战士先吃饭，尽量好好休息。没问题了吧？那就执行。"

大家一言不发地吃着。菲多特·耶夫格拉费奇其实根本不想吃东西，他只是舒展了腿坐着，可嘴里嚼得却很卖力，毕竟需要补充体力啊。他的两个战士彼此谁也不看谁，吃得气吞山河，咀嚼声一片。看来还不错，她们没有萎靡不振，还能坚持。

太阳已经下了山，树林尽头的阴影逐渐厚重，准尉也开始焦虑起来。后援部队不知道为什么迟迟不到，而德国人也许会借着黄昏的晦暗再次向他发起进攻，也许会从两湖之间的狭长通道穿行而过，也或许干脆遁入密林，那就别想再找到他们了。那就只能再次搜索，再次盯紧他们，掌握敌情。按理是该这么做，可精力却肯定不够了。

唉，眼下一切都不顺利，非常不顺利。他不但葬送了一名战士，暴露了自己，还必须恢复元气。可后援部队却还没来，还没来……

不过在奥夏宁娜吃完东西之前，瓦斯科夫还是小憩了片刻。接着他便站起身，勒紧腰带，阴沉下脸来说：

"战士切特维尔塔克和我一起去搜索。这里由奥夏宁娜负责。任务是保持远距离跟进。我命令你们，只要听见枪声，就立刻隐蔽。要隐蔽起来等待，直到我们回来。嗯，万一我们回不来，你们就撤退。悄悄穿过我们原先的阵地，向东撤。一遇到自己人，就向他们报告。"

当然，他脑子里的确闪过一个念头，不该带上切特维尔塔克这样的姑娘去执行那种任务，实在不应该。科梅利克娃倒是很合适的人选。这位同志经受过考验，而且一天里经受了两次。即便是条汉子，也很少有这样的事迹可以炫耀。但指挥官毕竟不仅仅是军事任务的负责人，他还肩负着培养下属的责任。守则里面就是这么写着的。

而瓦斯科夫对守则可是奉若神明的。不仅奉若神明，能倒背如流，而且执行起来也无条件服从。所以他吩咐嘉丽娅：

"行军包和军大衣留在这里。你跟在我身后，注意我的动作。不管发生什么事，都不准出声。不准出声，战士同志，也不准流眼泪。"

战士切特维尔塔克一边听他说，一边害怕地忙不迭点头……

11

为什么德国人避开了正面作战？而且有经验的耳朵一听就能判断出我方的火力（确切地说，是不值一提的火力），可他们居然避开了？

瓦斯科夫为这些问题绞尽了脑汁，他不是闲来无聊，也并非出于好奇。知己知彼，才能百战不殆。敌人的任何一次行动，任何一次转移都该了如指掌。只有这样，你才能从敌人的角度思考，才能真正了解对方是怎么想的。战争毕竟不是单纯的相互射击，战争比拼的是谁更有头脑。守则就是为此而编订的，就是为了让人解放思想，学会深谋远虑，能站在敌对的立场思考问题。

可无论菲多特·耶夫格拉费奇怎么反反复复地分析形势，无论怎么颠来倒去揣摩敌人，结论却只有一个：德国人对他们的情况是一无所知的。既然一无所知，那就说明，他解决的那两个人不是巡逻兵，而是侦察兵。而且德国佬还不知道那两个人的下场，所以才放心大胆地尾随而来。只是该如何利用好这一点，以期从而获得优势，他暂时还没想好。

准尉左思右想，绞尽脑汁，洗牌一样整理着纷繁复杂的思绪，不过手头的事情倒也没有耽搁。他灵敏地滑地而行，悄无声息，就差像马儿一样竖起两只耳朵来，只可惜天生没这个本事。微风既没有为他送来声响，也没有捎来气味，所以瓦斯科夫一路前行并没有耽搁。那个头脑简单的姑娘费力地跟在他身后。菲多特·耶夫格拉费奇时不时瞄她一眼，倒也没觉得有什么不妥。看她行军的样子，也符合军令，只不过显得心事重重，一副振作不起来的样子。刚才的经历，还有头顶呼啸纷飞的子弹，显然影响了她的士气。

其实嘉丽娅早已把枪林弹雨抛在脑后。她脑海里挥之不去的是另一幅画面：索尼娅那张灰暗而又消瘦的脸，半睁半阖的双眼没有一丝生机，鲜血浸染的军装已经发硬。还有，她的乳房上的两个小孔，窄窄的，像刀刃。可她既没有为索尼娅痛苦，也没有想到死亡。让她几乎崩溃的是，她仿佛真切地感受到一把尖刀正刺穿肌肤，她听见了肉体撕裂的脆响，闻到了浓烈的血腥味。在想象的世界里，她始终生活得比现实世界里更积极主动。此刻，她想要忘掉这一切，将这一切从记忆中抹去，非常想，却办不到。而这一切又滋生出了排山倒海般沉重的恐惧感，她一边行军，一边饱受恐惧的折磨，脑子里几乎一片空白。

菲多特·耶夫格拉费奇当然不会了解这些。他不知道，也猜不到，本该并肩作战的战士，本该与他共同面对生死的战士，此时竟然已经倒下了。还没遇到德国人，还没向敌人开过一枪，就已经倒下了……

瓦斯科夫举起了手，示意脚印朝右走了。碎石上留着一个浅浅的脚印，几乎看不见，可一转眼，在苔藓缝中，这个脚印变深了，还踩出几个积了水的深坑。就像德国佬拖拽重物时突然一脚踩空，于是就留下了眼前这个轮廓模糊的肥大脚印。

"等一下。"准尉悄声说。

他没有理会脚印，径直朝右走去。拨开灌木，只见一块匆忙堆满枯树枝的小洼地里，隐隐约约露出了人的身体。瓦斯科夫小心地移开枯树枝，果然有两具尸体脸朝下趴着。菲多特·耶夫格拉费奇蹲下身仔细观察，上方那人的后脑勺有一个黑洞洞的枪眼，形状规则，几乎没有血迹。剃得很短的头发被子弹烧得卷了起来。

"是开枪打死的。"准尉判断，"还是自己人，朝后脑勺开的枪。伤员不能留活口，看，这就是他们的法则……"

瓦斯科夫啐了一口唾沫。他是向尸体啐的唾沫，这应该是莫大的罪过。但是除了蔑视，他对这些人竟没有任何其他感觉。对他来说，这些人不能用自然法则来评判，他们属于人类界定范畴的对立面。

毕竟人和动物是有区别的：人知道自己是人。要是不明白这一点，那他只能算是野兽。同样有两条腿，两只手，但却只能算野兽。而且还是凶残的野兽，最最凶残的野兽。对待他，根本无须考虑什么情感、人道、恻隐或是宽容。只有打。打到他爬回兽穴。还要直捣兽穴继续打，直到他想起自己曾经也是个人，直到他明白这个道理。

白天的时候，就在几个小时以前，他还狂怒难以自持。正如渴了就要喝水一般自然，他一心渴求以血还血。而现在，想法却突然改变了。他放下了心理包袱，不但轻松了，甚至变得更成熟了。满腔怒火转变为了仇恨，一种冷静而又慎重的仇恨。他已经不再凶相毕露。

"这就是你们的法则？那好，我们也会。"

他心里慢条斯理地又减去两个人，就剩十二个了。刚好一打。

他回到了切特维尔塔克等候的地方。却注意到了她的眼神，两只眼睛似乎突然空洞失神了，她在害怕。那是发自内心的恐惧，这可不是好兆头。如果只是一时害怕，那倒还不要紧。于是准尉瞬间振作起精神，朝她绽放出笑脸，就像她是自己心爱的小可爱，还挤了挤眼睛。

"我们刚才解决了两个呢，嘉丽娅！两个啊，这么一来，就剩十二个啦。战士同志，这下我们就不怕了。对我们来说，这简直就是小菜一碟呀！"

她却没有反应，甚至没有笑一笑，只是直勾勾地盯着他，眼神如泣如诉。如果对方是个汉子，这种情况下就必须激怒他，要么骂得他狗血淋头，要么狠狠甩他一记耳光。这方面，菲多特·耶夫格拉费奇是有亲身经验的。可面前偏偏是个女孩子，他就不知所措了。类似的经验他没有过，而且守则里也没有相关问题的解决方案。

"以前读过保尔·柯察金①吗？"

切特维尔塔克看了看他，仿佛觉得他神经错乱了，不过还是点了点头。于是菲多特·耶夫格拉费奇一下子兴奋起来。

"看来，你读过啦。可我还亲眼见过他，就像现在看着你一样。真的。有一回我们优秀战士和政工干部被请去莫斯科。哈，我们参观了列宁陵墓、各式各样的宫殿、博物馆，还和他见了面。他呀，你别看是个大干部，还很随和呢。他很热情，请我们坐下，还招待我们喝茶，还问：小伙子们，当兵还不错吧……"

"唉，您干吗要吹牛呢，有什么好吹的？"嘉丽娅轻声说，"柯察金彻底瘫痪了。而且那根本不是柯察金，应该是奥斯特洛夫斯基。再说他什么都看不见，也动不了，我们还

---

① 保尔·柯察金是苏联作家尼古拉·奥斯特洛夫斯基长篇小说《钢铁是怎样炼成的》中的男主人公。

以技校全体师生的名义给他写过几封信。"

"好吧，那也许，是另一个柯察金？……"

瓦斯科夫顿感害臊，甚至脸红耳赤起来。可这时却有蚊子朝他进攻，傍晚的蚊子尤为凶猛。

"好吧，也许，我记错了。我不知道。只是听人说……"

前方传来树枝断裂的响声。一声清晰的脆响，那是脚步沉重的踩踏，可他听见反倒高兴起来。瓦斯科夫这辈子从未刻意撒过谎，也从未在下级面前丢过脸。他宁愿和那一打敌人拼死肉搏，也不愿意忍受一个拖着鼻涕的小丫头的奚落。

"快进灌木丛！"他悄声命令，"别出声！……"

他赶紧把她塞进灌木丛，整理好树枝，自己躲到邻近的大圆石后卧倒，卧倒得正及时。他探头一看，又来了两个人，但这两人走得非常小心，就像脚底被烫疼了一样，手里的自动步枪也上了膛。准尉还没来得及诧异，怎么德国佬那么喜欢两个人成对地晃来晃去，突然他们身后左侧的灌木丛也沙沙地抖动起来。他顿时明白，德国人开始兵分两路巡逻了。看起来，突如其来的遭遇战和两名侦察兵的失踪已经让德国人杯弓蛇影了。

好在他能看见他们，而他们却看不到他，所以王牌A依然在他手里。尽管这是所剩唯一一张王牌了，但还是能借此予以敌方迎头痛击。只是现在还不能操之过急，无论如何不能莽撞，菲多特·耶夫格拉费奇整个人都紧紧贴住了青苔，甚至不敢驱散汗津津的额头上的蚊子。放敌人溜过去，就让他们背朝自己，让他们自己暴露搜索方向，他则抓住机会伺机而动，掌握主动，甩出自己的王牌。

人如果处于千钧一发的紧要关头，要么脑子里一片空白，要么就会摇身一变成了两个人。一个在盘算接下来该怎么办时，另一个还密切关注着眼下的局面，紧盯着一切，不放过任何细节。尽管脑子里想的都是怎么甩出王牌，但瓦斯科夫没有一刻不盯着破坏分子们，也没有一刻忘了切特维尔塔克。还好，她隐蔽得好好的，很稳妥，而且德国人似乎也已经从她身边绕了过去，所以目前还看不出有什么危险。看样子德国佬把这片林地切割成了几块，而他和战士刚好就处在这些地块的中央，只是所处地块不同。所以最好先避开锋芒，屏住呼吸，在青苔和灌木丛里深藏不露，等到时机成熟，再联起手来，各自分配目标，分头用国产步枪和德国自动步枪迎头痛击。

据所有迹象来看，德国人摸索的仍然是那条老路，迟早会遭遇奥夏宁娜和科梅利克娃。这当然让准尉感到担心，但也不是特别担心。因为那两个姑娘都经历过枪林弹雨，懂得判断形势，会随机应变，自如地就地隐蔽，或者向远处撤离。更何况他已经拟好作战方案，就等德国人经过他这里，来到两条火力线的交叉点上。

敌人们从距离切特维尔塔克藏身的灌木丛左侧二十米的地方径直朝前走去。两侧并列行进的巡逻兵并没有暴露自己，可菲多特·耶夫格拉奇已经看清，他们会从哪里经过。看来他们两个并不会遭到攻击，可准尉还是轻轻打开了自动步枪的保险栓。

德国人悄无声息地向前走，猫着腰，端着自动步枪。因为有巡逻兵掩护，所以他们几乎不看两边，只全神贯注地盯着前方，警惕着正前方随时会遭遇枪袭。只要再走几步，他们就会进入切特维尔塔克和瓦斯科夫之间的射击线。从那一刻起，他们的背部就会暴露在准尉猎人般眯起的眼前。

突然一阵响动，灌木丛分开了，嘉丽娅蹿了出来。只见她挺直了腰板，两手抱着脑袋，在敌人眼前的空地上飞也似的横穿过去。此时的她，已经什么都看不见，脑子也一片空白。

"妈——妈——啊！……"

自动步枪急促地开了火。十步以外便打中了嘉丽娅奔跑中消瘦而又紧绷的后背，她的身子飞了出去，脸朝下扑倒在地，惊骇中抱住脑袋的双手最终也没放下。她的最后一声呼喊变成了呜咽的喘息，可两脚却还在跑动，还在蹬踏，把索尼娅两只军靴的鞋尖插进了青苔。

空地上顿时一片死寂。在这一瞬间的寂静中，嘉丽娜①两脚挣扎的动作也似乎变慢了，就像梦游一般。瓦斯科夫依然一动不动卧倒在圆石后面，他甚至没来得及意识到，自己的计划已经泡了汤，原本手中的王牌 A 转眼变成了 6。要不是背后传来枯枝断裂和踩踏的脚步声，他不知道还会这样卧多久，也不知道下一步会采取什么样的行动。他意识到，那是右侧的巡逻兵听到枪声赶了过来，而且正朝他的方向赶来。

已经没时间多想了。千钧一发之际，菲多特·耶夫格拉费奇只来得及做出最重要的决定：引开德国人。吸引他们的注意，引诱他们上钩，让他们远离自己仅剩的两位战士。一旦决意，他便不再隐蔽，纵身跃起，朝着两个向嘉丽娅弯下腰的身影开了火，随即又向有脚步声响的灌木丛里扫了一梭子，接着便猫起腰，飞奔离开了西纽欣岭，向树林跑去。

他没看清是否打中了谁，根本顾不上。眼下必须打乱德国人的阵脚，让自己安然无恙地到达树林，以此保护好姑娘们。她们已经是最后两个了，他一定要保护好她们，无论出于男人的良心还是指挥官的职责，他都必须保护好她们。牺牲了两个人，这已经够了。这辈子再也不愿意看到这种事情

① 嘉丽娅的大名。

发生了。

准尉好久没有像这天傍晚那样奔跑过了。他在灌木丛中发足狂奔，在圆石之间穿梭如风，卧倒，爬起来，接着狂奔，再卧倒，一边躲闪着头顶呼啸而过的子弹，听其击落树叶无数。他瞄准四处晃动的人影连连点射，频频制造噪音。他又是折断灌木，又是踩脚，还喊哑了嗓子。如果不牵住德国佬的鼻子跟自己走，他就没有权利后退。为了引诱德国佬上钩，他只能引火上身。

有一点他几乎完全放心，德国人无法围困住他。他们既不了解地形，剩余的人数也不够展开包围战，而且最关键的是，他们对那场突如其来的遭遇战还记忆犹新，所以没跑几步就会四下张望。所以他才故意激怒他们，让他们不停地追赶，不让他们回过神来，一定要千方百计牵制住他们，不能让他们明白，这里只有他一个人，他完全是孤军作战。

浓雾这次又帮了大忙，那年春天的雾特别多。太阳刚探到地平线，低洼的地方就像被朦胧的青烟笼罩。一层又一层的浓雾缠绕着灌木丛，望眼尽是牛奶般浓稠的乳白色，别说一个人了，埋伏整个军团都不在话下。瓦斯科夫任何时候都可以一头扎进浓雾里——哪里还能找得到！可糟糕的是，浓雾灰白的长舌正缓缓退向湖面，而他刚好相反，一心想要把德国佬引到树林子这边来。所以只在迫不得已的危急关头，他才钻进浓雾。接着便再次跳出来：你们好啊，德国佬，我还活着呢……

不过，他的运气还算不错。有时候，即便相互射击时的火力不是很密集，也足以把人打成筛子。不过现在危机过去了，他和死神尽兴地玩了一场猫捉老鼠的游戏。然而跑到林子这边来的不止他一个人，身后还蜂拥紧跟着一群人。这时，他的自动步枪最后咔嗒一声，哑了。子弹打光了，也没有弹匣可以更换，而且准尉的两只手也已经被枪压得酸疼。于是菲多特·耶夫格拉费奇把枪塞到一棵倒地的枯树下，便赤手空拳地轻装撤退了。

这里没有雾，呼啸的子弹击打在树干上，碎木片到处乱飞。现在可以脱身了，也确实是考虑自身安危的时候了。可是怒不可遏的德国人竟然穷追猛打，对他形成了半包围态势，显然意图把他逼进沼泽地，想要抓活的。这样的结果完全合乎情理，如果准尉是对方的指挥官，也一定会不惜颁发勋章，哪怕甩出一大堆勋章呢，也誓要抓到一个"活口"。

正当他心下盘算，暗自庆幸，这下不会瞄准他射击了，偏偏一颗子弹打中了他的手臂，伤到了手肘下方的肌肉。仓促奔逃间，菲多特·耶夫格拉费奇并没意识到，没明白过来，还以为是无意中挂到了树枝，而热乎乎的鲜血已顺着手腕淌了下来。血流得不多，却很黏稠，看来伤到了静脉。瓦斯科夫顿时心凉了半截，带伤打仗可撑不了多久。此时本该看清周边环境，包扎好伤口，稍作喘息。可目前既无法突破包围圈，也摆脱不了追堵，那就只剩下一条退路：不顾一切地撒腿跑向沼泽地。

他使出全部力气飞奔起来。当他跑到那棵当作标记的松树跟前，心脏几乎快要扑腾出嗓子眼了。他抄起一根拐棍，这才发现拐棍仍然是六根，但他已经来不及细想了。林子里已经传来德国人的脚步，德国人的叫喊声，还有子弹的呼啸。

他是怎么蹚过沼泽来到了小岛上，脑子里已经全然没有印象。直到发现自己躺在枝节横生的松树下时，他才清醒过来。他是被冻醒的，冻得浑身哆嗦，直打冷战，牙齿上下打架。手也疼得厉害，或许是因为太潮湿了吧……

菲多特·耶夫格拉费奇实在记不起来，他究竟在这里躺了多久。似乎还真躺了挺久，因为四周已经死一般寂静：德国人撤走了。黎明前的浓雾越发厚重，压向了地面，瓦斯科夫感到了刺骨的湿寒。不过伤口已经不再流血。整条手臂直到肩头沾满了沼泥，伤口看来是被封住了。准尉并没有急于掰去泥块，他欣喜地发现，口袋里居然还有一卷绷带，于是直接缠在了手臂上，接着便又观察起来。

树林之外的天色已经渐渐泛白，沼泽上空时不时透进斑驳的晨曦，将浓雾低低地压向地面。不过这块低洼地里，依然冷得像浸泡在冰冻的牛奶里，菲多特·耶夫格拉费奇浑身哆哆嗦嗦，沮丧地想念起那个自己珍藏的军用水壶。可眼下也就只有一个办法能够自救，那就是蹦跳，一直跳到出汗为止。这时候，浓雾渐渐变得越来越稀薄，可以观察得非常清楚了。

可无论瓦斯科夫怎么仔细观察，还是看不出德国人这边有什么危险。当然德国佬很可能隐蔽起来，守株待兔等着他回去，但这种可能性几乎没有。因为在他们看来，沼泽是个有去无回的地方，所以，瓦斯科夫准尉在他们眼里应该早就是个淹死鬼了。

而自家的后方这边，也就是分流调度站这边，直达玛丽亚·尼基佛洛芙娜家的方向，菲多特·耶夫格拉费奇却没怎么注意观察。那个方向不会有任何危险，恰好相反，在那里，有自己的生活：半杯烧酒，腌肥肉煎鸡蛋，还有柔情四溢的女房东。而且他也不想朝那里看，免得经受不住诱惑。可是本该从那个方向赶来的援军却一直不来，一直不来，所以他还是时不时地朝那里看看。

那里似乎有一团黑乎乎的东西。但究竟是什么东西黑乎乎的，准尉并没有看清。有那么一刻，他甚至想走到跟前去，好好看一下，可是自己刚才跳得上气不接下气，所以还是决定先稍作喘息。等他彻底缓过来时，天光已经大亮，他终于看清了，泥淖里发黑的是什么东西。他不但看清楚了，而且立刻记起来，他砍下的六根拐棍，依然完好地放在当作记号的松树边。六根啊——这就是说，战士布里奇金娜根本就没拿支撑的拐棍就踏进了罪该万死的泥沼里……

她只留下了一条军服短裙，再没别的东西了，而援军赶来的希望也成了泡影……

12

瓦斯科夫猛然间想起了那天早晨，破坏分子们走出林子时，他清点了他们的人数。他想起来索尼娅在他左肩轻轻说的话，丽莎·布里奇金娜瞪圆了的双眼，脚蹬桦树皮靴的切特维尔塔克。一切仍历历在目，他不禁放声哀叹：

"没能走到家呀，唉，布里奇金娜啊。"

他着了凉，沉闷而又嘶哑的声音在沼泽上空飘散，一切又恢复了沉寂。在这个死气沉沉的地方，就连蚊子叮人都没有嗡嗡声。一个深呼吸，准尉便断然踏进了沼泥。他撑着拐棍，一步一步蹚向岸边，心里惦记着科梅利克娃和奥夏宁娜，但愿她们还活着。他还想到，他的武器就剩腰间那把左轮手枪了。

要是破坏分子在这个地方留下哪怕一个人，恐怕瓦斯科夫就会一头栽倒在泥地里，直到尸骨无存。他挺着胸膛大踏步走上岸，甚至不能卧倒，连躲都没有地方躲，敌人两步之内就可以把他干掉。可是没有一个德国人在这里把守，菲多特·耶夫格拉费奇毫无阻碍地走到了熟悉的小溪边，胡乱涮洗一把，大口喝饱了水。接着他从口袋里翻找出一张纸片，卷了一些干燥的苔藓，将就当作纸烟，蹭着"喀秋莎"吹着了火，抽了起来。现在可以好好思考了。

现在看来，昨天的战斗他输得一败涂地，尽管他实实在在地消灭了百分之二十五的敌人。但他还是输了，因为没能堵截住德国人，而自己的队伍却损失了整一半，所有弹药消耗殆尽，自己也只剩下一支左轮手枪。不管是否甘心，不管怎么替自己辩护，现实情况的确很糟糕。然而最糟糕的是，他还不知道现在该去哪里找那些破坏分子。瓦斯科夫苦恼万分，也许因为饿了，也许是纸烟臭不可闻，也许是因为孤单，还有脑子里乱糟糟的思绪，就像一群嗡嗡的黄蜂。就像黄蜂，只会蜇人，却不产蜂蜜……

当然，先要找到自己人。他就只剩两个姑娘了，好在她俩是最有头脑的。三个人在一起还能形成战斗力，只是没有战斗武器。那么，作为指挥官，当务之急应该解决两个问题：怎么打？用什么打？为此，只有一个办法：必须先亲自摸清敌情，找到德国人，从他们手里夺取武器。

昨天德国人跑动的时候就像在自己家里一样，肆无忌惮地踩踏，在林子里留下了足够多的脚印。根据这些脚印，菲多特·耶夫格拉费奇能像查看地图一样，辨认出方向，计算好距离。估算下来，追他的德国佬怎么都不会超过十个人。也许有人留下看守东西，也或许他无意间又干掉了几个。可是计算毕竟不是胡乱猜测，还是应该按照整整一打来算，因为昨晚奔逃时手忙脚乱，准尉根本顾不上瞄准。

就这样，他顺着脚印来到了林子边，沃皮湖和西纽欣岭又展现在眼前。菲多特·耶夫格拉费奇在这里稍作逗留，仔细观察了一番，并没有发现有人，既没有自己人，也没看到敌人。他的眼前是一片宁静，静得没有一丝声响。如此美妙的清晨简直就是上天的恩赐，然而在这上天恩赐的美景里，德国自动步枪手就隐藏在不远处，还有两个怀抱七点六二毫米口径步枪的俄罗斯姑娘。

尽管准尉非常想在乱石堆里找到两个姑娘，可他还是忍住没从林子里钻出来。他现在不能拿自己的生命冒险，绝对不能。因为无论有多么痛苦和绝望，他都绝不甘心承认打了败仗，而且对他来说，这场战斗不能就这么算完了。欣赏够了浩瀚而又平静的湖景，菲多特·耶夫格拉费奇再次一头扎回密林里，绕开了乱石堆，向列贡特湖岸边走去。

他的推理思维就和做减法一样简单。德国人昨天追他到很晚，尽管现在已是白夜时节，但德国佬也不会贸然闯进视野受限的地方。所以他们一定会等到黎明天亮，而等待黎明的最佳方位就是列贡特湖边的树林里，这样便于在突发情况下，不至于被迫退入沼泽地里。所以，菲多特·耶夫格拉费奇果断抛下地形熟悉的乱石堆，径直走向了未知的地带。

他在这里走得很小心，因为足迹时不时突然就消失了，所以他一棵树接着一棵树地摸索前行。可是树林里很安静，只有鸟儿时而会鸣叫，听到它们叽叽喳喳地叫，瓦斯科夫就知道，附近不会有人。但即便如此，他现在还是不能贸然行动。

他就这样摸索前行了好久。似乎已经可以断定，他找了那么久都是白搭，是自己推断失误，以至于在没有敌人的地方搜寻敌人。可他现在没有什么参照物，只能凭借自己的直觉行动，而直觉暗示他，他走的路没有错。然而正当他开始怀疑自己猎手般的直觉，想要重新思考，再度衡量时，眼前突然蹿出一只野兔。野兔飞也似的蹦到了空地上，并没有发现瓦斯科夫，只见它两只后爪一蹬，欠起身，向后张望。这是一只受了惊吓的兔子，显然是被人吓坏了，它因为很少看到人，所以还有些好奇。于是准尉的耳朵立刻就像这只兔子一样竖了起来，也朝着那个方向看去。

可是，无论他怎么认真查看，无论怎么侧耳倾听，还是没发现那里有什么异常。兔子一蹦，便钻进了山杨树丛。菲多特·耶夫格拉费奇盯得眼泪都快要滋出来，可他还是站在那里，一动不动，因为他比相信自己的耳朵更相信那只兔子。他轻轻地，幽灵般朝兔子蹿出来的方向移动过去。

起初他并没有看到什么，可接着，灌木丛后面有个褐色的东西渐渐显现出来。那东西形状怪异，上面长满了一块块苔藓。瓦斯科夫朝前跨了一步，屏住呼吸，一只手拨开了灌木，一面因年代久远而长满了青苔的木墙便清晰地映入了眼帘，原来那是一座已经塌陷进地面的小木屋。

"原来是列贡特隐修院……"准尉顿时恍然大悟。

他溜到屋角后面，看见井栏早已腐烂，小路也长满了荒草，进屋的房门歪歪斜斜地挂在仅剩的一个门环上。他掏出左轮手枪，凝神细听，接着悄悄溜近门口，看了看门框，又看了看锈迹斑斑的门帘，发现台阶边的青草被踩踏过，台阶上印着一个干了的脚印。他看出来，这扇门被踹开还不到一个小时。

那么，他们在这里干吗？破坏分子们肯定不是因为求知欲旺盛才砸开废弃隐修院的门。说明这里对他们有用，他们在找藏身之处。也许，他们当中有人受了伤，也许，是想要藏匿什么东西。准尉想不出别的理由，于是退入了灌木丛，还特别留神，以免无意中留下痕迹。他爬进密林里，一声不响地隐匿起来。

蚊虫刚开始朝他狂轰滥炸时，便听见一只喜鹊尖声叫起来，接着，传来枝条清脆的折裂声，随着咣当一声轻响，林子里接二连三走出了十二个人，朝着列贡特隐修院走去。十一个人都背着鼓鼓的口袋（准尉判断，那是炸药），而第十二个人瘸得厉害，艰难地拄着棍子。他们走到隐修院门前，卸下了身上的捆包，受伤的那个人立刻坐到了台阶上。一个人来回往小木屋里搬运炸药，其他人则抽起了烟，一边轮流观看地图，一边交谈着什么。

蚊虫如饥似渴地叮咬瓦斯科夫，大口吸血，可他连眼睛都不敢眨一下。毕竟德国人就在几步开外的身边，左轮手枪紧紧地握在手里，虽然他们说什么都能听得很清楚，却听不明白。他也就能听懂会话课本里的八句话，而且还得由俄罗斯人拖长了声不紧不慢地说出来才能听明白。

不过其实也不用猜测。领头的就站在人群中央，其他人都围着他看地图，只见他挥了挥手，十个人便把自动步枪甩到肩上，一起走进了树林。没等众人全部没入树丛，搬运捆包的人便帮助伤员站起身，把他拖进了木屋。

瓦斯科夫终于腾出工夫来对付蚊子了。现在情况都摸清楚了，时间决定胜败。德国人去西纽欣岭那边毕竟不是采野浆果，他们自然不甘心绕着列贡特湖转来转去，他们目标明确，直奔两片湖面的中间地带而去。而且他们现在是轻装前行，意欲摸索出一个突破口。

当然，他可以毫不费力地赶超他们，先找到姑娘们，然后重新开始备战。可有一件事情令他踟躇不前，那就是武器。没有武器，阻击德国佬根本就是痴心妄想。

眼下木屋里有两杆自动步枪，就在歪歪斜斜的门背后。一共两支，这可是一大笔财富呢，可怎么把这笔财富拿到手，瓦斯科夫还没想好。自己一整夜没睡好，手臂还挂了彩，贸然涉险是不会有任何把握的。于是菲多特·耶夫格拉费奇先判断清楚风向，接着便干脆坐等，等待那个健壮的德国人自己钻出木屋。

　　他还真就等到了。只见这个破坏分子钻了出来，嘴脸已经被蚊虫叮咬得浮肿，脚踏实地向鬼门关走来。也许，他是想要喝水了吧。他小心翼翼地钻出门来，手里端着自动步枪，腰间还挎着两个背壶。他仔细观察了好久，听了好久，这才离开了屋门，朝井边走来。于是瓦斯科夫缓缓地举起左轮手枪，屏住呼吸，就像参加射击比赛一样，从容不迫地扣动了扳机。啪的一声枪响，德国人猛地朝前一栽，笨重地倒下。为了保险起见，准尉又朝他补了一枪。他本想一跃而起，却凑巧瞥见歪倒的门缝里蓝光一闪，那是一支枪杆，于是便不再动弹。第二个人，就是那个受了伤的，他应该在掩护自己的同伴。既然他看到了发生的一切，现在冲向井边，无疑会吃子弹。

　　瓦斯科夫犹如被当头泼了一盆冷水：这个受伤的家伙会不会射一梭子？他只需朝天空放几枪，借助回声发出警报，那就全完了。德国人会迅速奔袭而来，地毯式搜索树林，那准尉的军旅生涯就要结束了。这第二次是无论如何逃不掉的……

只是不知为什么，那个德国人竟然没有开枪。似乎在等待什么，警惕地握着枪杆，却没有发出信号。他明明看见同伴脸朝下撞在井栏上，还在挣扎，明明看到了，却不呼救。为什么？他在等……等什么呢？

瓦斯科夫突然明白了，全明白了：这个披着法西斯兽皮的家伙，他只想自保。他根本就不在乎垂死挣扎的同伴，他置军令于不顾，眼里也没有去了湖边的其他人，他现在一心想要避开敌方的注意力。看不见的对手已经把他吓得魂飞魄散，他一味祈祷，只求能一声不响躺在一抱粗的圆木头后面熬过去。

哈，面对死神，这个德国佬可算不上英勇，一点都算不上。准尉看透了这一点，长出一口气，心里顿时轻松多了。

菲多特·耶夫格拉费奇把左轮手枪塞进了枪套，悄悄地爬了回去。他迅速绕过隐修院，从另一侧接近了水井。正如他预料的那样，受伤的德国佬没有朝死人那边看，于是准尉放心大胆地爬到尸体跟前，拿走了自动步枪，从他腰间扯下弹匣袋，悄无声息地潜回了树林。

接着就要看他行动是不是足够快了，因为他选择了一条包抄的道路。现在这么做是迫不得已，他也只好铤而走险了，竟然还格外顺利。当他一头钻进与西纽欣岭毗邻的小松林，这才喘了口气。

这里的每一处他都熟悉，毕竟是自己肚子贴地爬了个遍的。他的姑娘们应该就藏在附近，当然了，如果她们还没往东边撤走的话。虽然他曾吩咐过，一旦自己回不来，就让她们离开这里。可现在菲多特·耶夫格拉费奇却不相信，她们会一字不差地执行他的命令。他不信，也不愿意相信。

他稍作歇息，又听了听，是否有异常情况，便谨慎地沿着一昼夜前和奥夏宁娜一起走过的那条路向西纽欣岭进发。那时候所有人都还活着。所有人，除了丽莎·布里奇金娜……

她们确实撤走了。不过撤得不远，就在小溪对岸，正是昨天上午一起戏弄德国佬的地方。可菲多特·耶夫格拉费奇却没能想到。无论在乱石堆里，还是在原先的阵地上，他都没能找到她们。怅然若失的他来到溪边，已经放弃了继续寻找的打算。他突然意识到，如今只剩下他一个人了，单枪匹马，手臂还挂了彩。无尽的焦虑向他袭来，脑子里乱成了一锅粥，走到这里时，他已经失魂落魄。可就当他刚跪倒在地，想要痛快地喝水时，耳边却响起了低声的呼唤：

"菲多特·耶夫格拉费奇……"

紧接又一声呼唤跟着响起：

"菲多特·耶夫格拉费奇！准尉同志！……"

他仰起头，只见她们两个正跨过小溪跑来。两个人蹚过水面，连短裙都顾不上提起。他猛地朝她们迎面扑去，就在水里，三个人拥抱在了一起。两个姑娘立刻挂到了他身上，亲吻他，尽管他浑身肮脏，大汗淋漓，胡子拉碴……

"你们怎么啦，姑娘们，别这样……"

自己却好不容易才忍住几乎夺眶而出的泪水。可眼泪已经挂在了睫毛上，看来自己变脆弱了。他一把搂住两个姑娘的肩膀，三个人便这样一起走向了对岸。科梅利克娃一直牢牢地贴住他，还时不时抚摸他扎人的脸颊。

"唉，我的好姑娘们呐，姑娘们呐！你们好歹该吃了些东西吧，打了个盹儿吧？"

"一点儿都不想，准尉同志。"

"咳，我还算什么准尉呀，小妹妹们？我现在就是你们的哥哥。就叫我菲多特吧。要不叫我费佳也行，我娘就是这么叫我的。"

他们的行囊都藏在灌木丛里，大衣卷和步枪也都在。瓦斯科夫立刻朝自己的背囊扑了过去。他刚要解开，就听冉卡问道：

"那嘉尔卡呢？"

她问得很轻，有些迟疑，看来她们早就猜到了，只不过想要证实一下。准尉猜到了她的意图，并没有回答。他默默地解开背袋，取出了黑面包、腌肥肉和军用水壶。当然，烟草也顺便一起拿了出来。但黄花烟只是在手里掂了掂，便放到了一边。他往三个杯子里倒了酒，掰开了面包，把腌肥肉切成几块。分给战士们后，他举起了自己的杯子：

"我们的同志壮烈牺牲了。切特维尔塔克在交战中阵亡，丽莎·布里奇金娜在沼泽地里淹死了。现在，算上索尼娅，我们已经损失了三个人。情况就是这样。但是我们在两湖之间，在这里耍了敌人们一天一夜。一天一夜啊！……现在该轮到我们主动出战，赢得一天一夜。援军不会来了，而德国人正在赶来。来，先悼念一下我们的姐妹，做好战斗准备。据目前情况看，这该是最后一场战斗……"

13

有时候痛苦就像蓬头散发的母熊。猛扑到你身上，又撕又扯，拼命折磨你，让你觉得生活暗无天日。可一旦把她推开，似乎也就风平浪静了，又可以轻松呼吸，好好过日子，继续做自己的事情了。就像什么也没发生过一样。

通常，一个小小的疏忽本来无足挂齿，可就是这样的鸡毛蒜皮，有时候却会带来谁都不愿意看到的严重后果，

早餐后，大家在做战前准备时，瓦斯科夫就发现了这样一个小细节。他把整个背囊抖了个底朝天，每样东西都摸了三遍，就是没找到，竟然丢了，就像从来未曾有过一样。

第二颗手榴弹的导火线，还有左轮手枪的弹匣，就是那些鸡毛蒜皮。可是手榴弹没有了导火线就是一块废铁，一块炸不响的鹅卵石啊。

"这下可好，我们没有火炮了，姑娘们。"

他说的时候满脸堆笑，避免引起不安。可她们，两个傻婆娘，竟依然神采飞扬，嘻嘻哈哈地回答他：

"没事儿，菲多特，我们能打退他们！"

这是科梅利克娃在夸口，只是说到名字的时候结巴了一

下。说完还脸红了。显然，她还不习惯对指挥官直呼其名。

如果开枪回击，总共也只有三杆步枪，两支自动步枪，还有一把左轮手枪。要是对方十来个人一起扫射，恐怕就高兴不起来了。不过也该考虑到，自家门口的树林会帮上大忙。除了树林，还有小溪。

"拿着，丽塔，再给你的自动步枪配一个弹匣。不过你别远射。隔着小溪用步枪就行，自动步枪要省着点打。看到他们开始强渡，自动步枪才会派上大用场，而且非常管用。明白了吗？"

"明白，菲多特……"

连她也叫得不顺口。瓦斯科夫哈哈一笑：

"干脆叫费佳吧，这样也许更顺口些。我的大名确实比较拗口，可名字本来就这样……"

看来德国人并没有白白浪费一昼夜的时间。他们比先前更多了十二万分的小心，行进得非常缓慢，每一块圆石后面都要查看。他们把能搜查的地方都巡逻检查了个遍，所以到达溪边时，太阳已经升得很高了。一切都和上次的情况一模一样，只不过这次对面的树林里已经没有了姑娘们的喧闹，而只有危机四伏的沉寂，让人胆寒。破坏分子们也感觉到了危险，久久不敢接近水面，虽然他们的身影在对岸的灌木丛里已经若隐若现。

菲多特·耶夫格拉费奇把姑娘们留在水域宽阔的地带，亲自为每个人挑选了阵地，并指定了观察点。他自己则选择了插入水面的楔形地带，而在一昼夜前，冉卡·科梅利克娃就是在这里用自己的肉体挡住了德国佬。这里的两岸几乎连接到了一起，两边的树林紧挨着溪水，想要从水面强渡到对岸，这里应该是最佳的方位。正是在这个位置，德国人暴露自己的次数也更频繁，这样就能引诱精神紧张到崩溃的对手开枪射击。但是对手暂时似乎没有太过紧张，因为瓦斯科夫向自己的战士们下了死命令，只有德国佬下到水里才能开枪。在此之前，就连呼吸也要放慢节奏，以免惊动小鸟，不再欢唱了。

一切安排妥当，一切准备就绪。子弹提前推上了枪膛，自动步枪的保险栓也打开了，免得在战斗打响之前就扑棱棱惊飞了喜鹊。准尉观察着对岸，心里异常宁静，可就是该死的胳膊疼痛不已，就像受了凉的牙齿。

而此时的对岸，情况刚好相反。听不到鸟叫，喜鹊被惊得噼啪乱飞。菲多特·耶夫格拉费奇全都看在眼里，记在心里，他估算着，有条不紊地摸清各个细节，他一定要抓住德国佬厌倦捉迷藏的时机。

但是他却没能打响第一枪，尽管准尉一直静候枪声响起，还是被吓得一激灵。枪声永远都是出乎意料，永远都是突如其来的。枪声是从左侧传来的，位于溪流下游，随即便一枪接着一枪地响起。瓦斯科夫从隐蔽处探头一看，只见在水域宽阔的地带，一个德国人正手脚并用扑腾着从水里往岸上爬，急急忙忙地朝自己人那边爬去。子弹在他周围一颗颗爆裂，却都没打中他。德国佬四脚着地疾奔，一条腿却拖在沙砾上（难道是崴了脚？……），蹭出很大的声响。

自动步枪此时开了火，显然是在掩护他，准尉一见几乎要跳出去，冲到姑娘们那边去，但是他忍住了。可就在这时候，对岸的灌木丛里突然蹿出四个人，冲向了岸边。他们显然想凭借火力的掩护强渡小溪，然后潜入对岸的树林。此时的步枪已经不够用了，因为每次射击后都要拉枪栓，根本没有时间。于是菲多特·耶夫格拉费奇端起了自动步枪。他刚一扣下扳机，对岸灌木丛里便射出两条火舌，子弹随即呈扇形撕裂了他头顶的天空。

这场战斗中，瓦斯科夫抱定一个信念：绝不能后退。这边河岸的土地，一寸也不能让给德国人。不管有多艰难，无论有多绝望，都要死死守住。一定要守住这块阵地，不然一旦被包抄歼灭，那就全完了。战斗中的他热血沸腾，仿佛整个俄罗斯都在他身后凝聚起来，仿佛正是他，菲多特·耶夫格拉费奇，此时已是祖国最后的儿子和守卫者。而整个世上也再无其他人存在，只有他、敌人和俄罗斯。

他好像还长出了第三只耳朵，听着姑娘们那边的动静，步枪是不是仍在射击。只要有枪响，说明人还活着，说明还在坚守阵地，守卫着俄罗斯，依然在坚守！……

甚至当那边手榴弹爆炸时，他也没有惧怕。他已经感到，马上就会有短暂的休战，因为德国人还摸不清对手的实力时，不会纠缠太久。他们也需要分析局面，洗一下自己手里的牌，然后再重新布局出牌。四个朝他奔袭而来的德国人，果然很快就撤了回去，而且撤得迅速利落，他甚至都没能看清，是否打伤了他们中的哪一个。他们隐入了灌木丛，威吓性地放几枪，便没了动静，只留下水面上尚未散去的硝烟。

就这样赢得了几分钟的时间。说实话，今天的时间不该以分钟来计算，因为对援军已经不能抱有任何希望，但他们还是狠狠咬疼了对手，让他们尝到了苦头。这个地方德国佬轻易不会来第二次了，他们会在别的地方寻找突破口，很可能会去上游找，因为下游地带虽然水域宽阔，但两岸的峭壁却陡直地插入水面。这样看来，现在必须向右侧转移，为以防万一，自己的位置上只要留下一个姑娘守着就行……

可瓦斯科夫还没来得及想好下一步该怎么全面部署，背后传来的脚步声打断了他。回头一看，只见科梅利克娃急匆匆穿过灌木丛径直向他跑来。

"弯下腰啊！"

"快！丽塔！……"

丽塔出了什么事，菲多特·耶夫格拉费奇没有细问，可看到她的眼神，便猜到了。他一把抓起武器，赶在科梅利克娃之前就跑到了。

奥夏宁娜抽搐着坐在松树下，背靠树干。她时不时舔着灰色的嘴唇，使劲挤出一丝笑意。两只手交叉按住肚子，鲜血直往外涌。

"怎么受的伤？"瓦斯科夫实在问不出别的话。

"手榴弹……"

他扶着丽塔平躺下，抓住了她的手，可她却不愿意松开，怕疼。他只好轻轻推开她的手，他明白，这下完了……甚至都看不清伤势，一片血肉模糊，又是鲜血，又是破烂的军装，又是陷进肚子里的士兵皮带。

"纱布！"他大喊一声，"给我内衣！"

冉卡哆哆嗦嗦的双手扯开了自己的背囊，塞给他一件轻柔丝滑的……

"不要丝绸的！要亚麻的！……"

"没有……"

"咳，见鬼！"他慌忙扑向自己的背囊，想解开绳带。可带子却像故意作对，越解越紧。

"德国人，"丽塔动了动嘴唇，"德国人在哪儿？"

冉卡紧紧盯着她看了一会儿，然后一把抓起自动步枪，便朝岸边冲了过去，连头也没回。

准尉取出一件衬衫和一条衬裤，两卷备用绷带，便跑了回来。丽塔想说些什么，嘴唇翕动着，可他没有听。他牙关紧咬，用小刀割开了军装、短裙和浸透鲜血的内衣。弹片斜穿进体内，击穿了肚子。灰紫色的内脏在发黑的血液下突突地颤动。他用衬衫捂住伤口，缠上了绷带。

"没关系，丽塔，没关系。弹片只是伤了表面，肠子没事。会长好的。"

这时岸边打来一梭子弹。身边又是一片击打声，树叶纷纷飘落，而瓦斯科夫只顾埋头包扎，纱布立刻渗出血来。

"快去。去那里……"丽塔艰难地说，"冉卡在那里……"

一梭子弹从身边擦过。这次子弹不是从头顶飞过，而是瞄准了他们，只不过没有打中。准尉一回头，掏出手枪，朝一闪而过的身影开了两枪。德国人已经过河了。

冉卡的自动步枪还在附近射击，还在撕咬敌人，声音越来越远，渐渐没入了树林。瓦斯科夫意识到，科梅利克娃正一边还击，一边把敌人往自己那里吸引。她引开了敌人，但并不是全部，只见一个破坏分子闪过，准尉又朝他开了一枪。该赶紧离开这里，把奥夏宁娜转移走，因为德国人就在身边晃动，每一秒都有可能成为生命的最后时刻。

他抱起丽塔，没有理会她咬破的灰色嘴唇在嚅动着说些什么。他想把步枪一起拿走，但做不到。他只好先跑进了灌木丛，可是每跑动一步，挂彩的左手便牙疼般阵阵胀痛，越来越没有力气。

行囊、步枪、大衣卷，还有冉卡那件被准尉扔到一边的内衣，都留在了松树下。内衣散发着青春气息，轻柔而又风情万种……

漂亮内衣是冉卡的弱点。她生性开朗爱笑，很多东西她可以满不在乎地放弃，唯独战争爆发前母亲送她的几套内衣，她却固执地塞进了军囊，一直随身带着。尽管她为此经常受到警告，被罚以额外执勤，以及各种当兵的躲都来不及的倒霉差事。

尤其是一套连体丝绸内衣，她喜爱得几乎疯狂。甚至连冉卡的父亲都看不下去，气呼呼地训斥她：

"喂，冉卡，这也太过分了吧。你这是要干吗？"

"去参加晚会！"冉卡骄傲地宣称，虽然她心里知道，父亲完全另有所指。

其实他们彼此十分了解。

"乖女儿，跟我去打野猪吗？"

"不行！"母亲吓坏了，"你疯了啊，带小女孩去打猎。"

"让她慢慢习惯嘛！"父亲笑了，"红军指挥官的女儿就应该天不怕地不怕。"

冉卡的确天不怕地不怕。她纵马驰骋，靶场练枪，跟随父亲埋伏猎捕野猪，驾着父亲的摩托车在兵营里撒欢。她在各种晚会上大跳吉卜赛舞和玛特奇什舞①，随着吉他伴奏唱歌，和那些腰身勒成高脚酒杯一样的中尉们打情骂俏。她不费吹灰之力便能左右逢源，但也只是消遣，并没有付出真情。

"冉卡，谢尔盖丘克中尉已经被你迷得丢了魂啦。他今天向我汇报，一开口竟然说：'冉将军同志……'"

"别瞎说，爸爸！"

那曾是多么幸福的时光，怡然自得，无忧无虑。可母亲总是愁眉蹙额，整天唉声叹气。已经是个大姑娘了啊，照早年的说法，是个大小姐了，可她的言行举止……真叫人看不下去：要么射击打靶，要么骑马，要么骑摩托，再不然就是通宵跳舞到天亮。那些中尉们送来的鲜花一束束都足有水桶般粗，窗前也总是情歌不断，情诗更是铺天盖地。

---

① 一种节奏快的舞蹈。

"冉涅齐卡①，这样可不行啊。你知道兵营里都怎么议论你吗？"

"妈妈呀，他们爱怎么说就怎么说去！"

"听人说，你和鲁任上校约会了好几次。他可是有家室的人呐，冉涅齐卡。你怎么能这么做啊？"

"鲁任，我才不稀罕他！"冉卡不屑地耸耸肩膀，便一溜烟跑得没了影。

鲁任不但帅气，浑身上下透露着神秘莫测的气质，还骁勇善战。哈勒欣河②一战，便将一枚红旗战斗勋章收入囊中，芬兰战役中又荣膺一枚金星勋章。母亲隐约感觉到，冉卡总在回避这些话题，个中原因并不简单。她感觉到了，也心生不安……

后来冉卡的双亲身亡，她独自孤苦无依地穿越了前线，正是鲁任收留了她。收留了她，保护她，也温暖了她。他并没有趁人之危，利用她的无助而玩弄她的感情。那时候她正需要这样的支持，这样的依靠，她需要尽情地痛哭、宣泄，需要温存与爱抚，然后才能在残酷的战争世界里重新找回自我。一切都那么自然，冉卡没有沮丧失落。她也从来没有沮丧失落过。即便是现在，她把德国人从奥夏宁娜身边引开

---

① 叶甫盖尼娅的昵称，比冉卡更加亲昵。
② 位于阿尔山界的中蒙交界区。

时，依然充满自信。她一刻都未曾怀疑过，所有的事情都将会有美好的结局。

甚至第一颗子弹击中她的肋部时，她也只不过略感惊讶。毕竟在十九岁的年纪死去，那是多么愚蠢，多么荒谬，多么不真实啊……

德国人的子弹其实是穿透树叶盲目打中她的，她本可以隐蔽起来，等待时机，或许就能逃走。可她却不停地射击，直到子弹打完。她趴在地上射击，已经不打算逃走，因为随着鲜血的流失，力气也渐渐用尽了。德国人一直开枪打到她一动不动，然后盯着她死后依然高傲而又俊美的脸庞注视了好久……

14

丽塔知道，她的伤势是致命的，而且会死得漫长而又艰难。此时她已经几乎感觉不到疼痛，只有腹部越来越强烈的烧灼感，口渴得厉害。但是却不能喝水，丽塔只好用纱布蘸了水塘里的水，湿润一下嘴唇。

瓦斯科夫把她藏到一棵盘根错节的云杉下，用树枝严严实实盖住，便离开了。那时候枪声还不时响起，可很快就没了声音，丽塔哭了起来。她哭得无声无息，也没有抽泣，任眼泪在脸上流淌。她知道，冉卡已经不在了……

后来，连眼泪都没有了。泪水退却了，因为她还面临一件更重大的事情，她必须考虑清楚，必须做好准备。冰冷漆黑的无底深渊在她脚下张开了大口，丽塔勇敢而又冷峻地审视着它。

她从不吝惜自己，不吝惜自己的生命和青春，因为她总是觉得别的事情比她自己更重要。儿子本来就像孤儿一样，孤零零地留在她体弱多病的母亲身边。丽塔不敢想象，儿子将会如何熬过战争，将来又会有什么样的命运在等待他。

瓦斯科夫很快就回来了。他拨开树枝，抱住受伤的手臂，轻轻摇晃着身子，默默在一旁坐下。

"冉妮娅牺牲了？"

他点了点头，然后说：

"我们的行囊没有了。背囊没了，步枪也没了。也许被他们拿走了，也许藏在什么地方。"

"冉妮娅立刻就……死了吗？"

"立刻。"他回答。可是她却觉得，他没有说实话，"他们走了。看来是去拿炸药……"他突然捕捉到她无神的目光，那是洞悉一切的目光。他受不了，猛然大声叫道："他们没有打败我们，听见了吗？我还活着呢，要把我也干掉才算！……"

他不说话了，牙齿紧咬。轻轻抱着受伤的手臂，身体却剧烈晃起来。

"疼吗？"

"我是这里疼啊。"他指了指心口，"锥心地疼啊，丽塔。好疼啊！……是我害了你们，你们五个都是被我害的啊。非要这样吗？难道就为了那十几个德国佬？"

"别，干吗这么说……打仗嘛，本来就是这样。"

"现在打仗，当然可以这么说。那以后呢，以后和平了呢？那时候会有人理解你们为什么非要送命不可吗？为什么我不放过这些德国佬，为什么要做出这样的决定？将来有人质问，我该怎么回答？你们还算男子汉吗，为什么没能保护好我们的妈妈，让她们死在枪林弹雨下？凭什么她们就只能嫁给死神，而你们自己却完好无损？是为了保卫基洛夫铁路和白海运河吗？可那里明明也该有警卫队，他们的人手也多得多啊，总比你们五个姑娘和一个只有左轮手枪的准尉强吧……"

"别这样。"她轻声劝慰，"祖国又不只是几条运河而已，才不是呢。我们保卫的是祖国啊。首先是祖国，然后才是运河。"

"是啊……"瓦斯科夫一声长叹，沉默了片刻，"你先躺一会儿，我去周围看看。万一他们闯过来，我们就完蛋了。"他掏出了左轮手枪，下意识地用袖子使劲擦干净，"拿着。虽然只剩两颗子弹了，拿着它总放心些。"

"等一下。"丽塔的视线越过他的脸，望向被树枝遮挡住的天空，"你还记得吧，是我在分流调度站附近撞见德国人的？那天我去城里看妈妈了。我的儿子在她那儿，才三岁。叫阿利克，大名阿尔贝尔特。妈妈身体很糟糕，活不了多久，而我的父亲至今没有音讯。"

"别担心了，丽塔。我全都明白。"

"谢谢你。"她笑了笑，嘴唇没有一丝血色，"能答应我最后一个请求吗？"

"不。"他说。

"别这样，没用的。我反正要死了。只是多受些罪而已。"

"我去侦察一下就回来。半夜之前我们就能归队了。"

"吻我一下。"她突然说。

他笨拙地弯下腰，笨拙地用嘴唇啄了一下她的额头。

"扎人呢……"她的叹息几乎听不见，说完便闭上眼睛，"去吧。帮我把树枝遮盖好，去吧。"

她灰色的脸颊深陷下去，泪水缓缓流了下来。菲多特·耶夫格拉费奇轻轻站起身，细心地用大片的云杉枝叶遮住丽塔，便疾步走向河边，朝德国人走去。

毫无用处的手榴弹在衣服口袋里沉甸甸地晃动。这已是他唯一的武器了。

与其说他听清了淹没在树枝下的那一声微弱的枪响，不如说是他感觉到的。他顿时呆住了，细听之下，只有林中的寂静。他几乎不敢相信，拔腿便往回跑，跑向那棵巨大的盘根错节的云杉。

丽塔朝太阳穴开了一枪，几乎没有流血。枪眼周围淤着厚厚一层蓝色的火药粉。不知为什么，瓦斯科夫盯着火药粉看了好久。他挪开丽塔的尸体，在她原先躺着的地方动手挖起坑来。

这里的泥土柔软疏松。他先用棍子挖松，接着便用双手往外刨，刨到树根就用小刀砍断。很快他就挖好了坑，更加快速地掩埋好，接着一刻都没有停歇，就直奔冉妮娅躺着的地方。可手臂疼得钻心，一阵阵疼痛排山倒海般袭来，他只好草草掩埋了科梅利克娃。他心痛不已，悔恨万分，不停地嚅动着干枯的嘴唇小声说：

"抱歉，冉涅齐卡。抱歉……"

他拖着踉跄的步伐，跌跌撞撞地翻过西纽欣岭，朝德国人走去。他手里死死握着只剩一颗子弹的左轮手枪，心里只有一个念头，只求快撞见德国人，还能再干掉一个。他此刻已经精疲力竭，一点力气都没有了，只觉得疼痛，弥漫全身的疼痛……

洁白的暮色在发烫的乱石上徐徐飘浮。雾气在低洼地里越积越厚，轻风也已停歇，蚊虫乌云般聚在准尉的头顶。可他在暗白朦胧的雾色中却仿佛看见了那些姑娘们，五个人全都在一起，他不停地喃喃自语，痛苦地摇着头。

一路上竟没有看到一个德国人。尽管他的步伐沉重而又不加隐蔽，故意寻找遭遇的机会，可却没有撞见他们，也没人朝他开枪。这场战斗该结束了，该画上句号了，而最后的句号就留存在左轮手枪瓦灰色的枪膛里。

当然他还有一颗没了导火线的手榴弹。那不过是一块废铁。要是问他，干吗还随身带着这块废铁，恐怕他自己都回答不上来。也许是因为准尉有爱惜军用物资的习惯，即便没用也会带着。

此刻的他没有目的，只有愿望。他没有绕路，也没有搜寻足迹，而是像上了发条一样径直前行。可却连个德国人的影子都没遇见……

他已经绕过小松林，走进了树林里，眼看离列贡特隐修院越来越近。早晨他在那里不费吹灰之力就收获了武器，而此刻他却没有意识到，自己为什么要走到那里去。可猎人准确无误的直觉不由分说便把他引上了这条路，而他也顺从了自己的直觉。直觉没有欺骗他，他突然放慢了脚步，仔细听了听，便闪身躲进了灌木丛。

百米开外的地方出现一块空地，那里就是腐朽的井栏和歪歪斜斜陷入地面的小木屋。瓦斯科夫幽灵般悄无声息地掠过这一百米。他知道，敌人肯定就在那里，虽然无法解释，可他就是确信，正如狼知道兔子会从哪里冷不丁蹿出来一样。

空地边的灌木丛里，他屏住呼吸站立良久，一动不动。两只眼睛来回搜索观察，井栏边已经没有了他打死的那个德国人，歪歪斜斜的隐修院，四周漆黑的灌木丛。没有什么异常，没有发现什么情况，可是准尉依然固执地耐心等待着。

当木屋转角终于飘出一个模糊的身影时，他一点都不感到惊讶。他早预料到，那里就是哨兵站岗的地方。

他花了很长时间接近哨兵，漫长得几乎忘记了时间。他慢慢地，仿佛梦游一般，抬起一条腿，然后轻飘飘地放到地面上，几乎不是迈步，而是将体重一点一滴地向前挪移，避免踩响任何一根树枝。他就以这种小鸟跳舞般奇怪的姿势绕过了空地，出现在站立不动的哨兵身后。接着，他以更缓慢更平稳的动作向宽宽的黑色肩膀接近。他几乎不是走过去的，而是飘过去的。

距离一步之遥时，他停了下来。刚才他长时间屏住了呼吸，此刻需要等候心脏平静下来。他早就把左轮手枪塞进了枪套，右手紧握军刀。眼前这具陌生躯体的浓重气味扑鼻而来，他慢慢地，一毫米一毫米地举起芬兰军刀，蓄力发出决定性的致命一击。

他想聚积更多的力量，可偏偏力气不够，实在太小了，而左手此时又帮不上任何忙。

他毫无保留地将最后一丝气力注入了这一击。德国人基本没有叫出声，只长长地呼出一口气，发出了古怪的一声，便一下子跪倒在地。准尉随即猛地拽开倾斜的门，一个箭步冲进了屋子。

"亨德霍赫！……"

而德国人正在睡觉，打算在向铁路发起最后突袭前养精蓄锐。只有一个人没睡，他扑向墙角，想去拿武器。瓦斯科夫抓住他跳起来的一瞬间，几乎紧贴着他把子弹射入了他的身体。轰鸣的枪声震撼了低矮的天花板，这个德国佬被抛到了墙上。而准尉在这一刻早把德语忘得一干二净，只听他喘着粗气大吼：

"利亚盖特！……利亚盖特！……利亚盖特！①"

接着便破口大骂，骂出了他知道的所有肮脏不堪的粗话。

不，德国人没有害怕准尉的大喊大叫，也没有怕他挥舞着的手榴弹。他们根本想不通，甚至无法想象，眼前竟然只有一个人，方圆几俄里竟然只有他一个人孤军作战。这是法西斯们挠破头也理解不了的，所以他们乖乖按照准尉的命令，全都脸朝下趴到了地上。四个人全都趴下，而第五个人，最眼疾手快的那个，已经去另一个世界报了到。

几个德国人彼此用皮带把对方捆绑起来，捆得结结实实，菲多特·耶夫格拉费奇亲手捆上了最后一个。捆完后，泪水夺眶而出。他肮脏而又胡子拉碴的脸上泪水横流，虽然冻得浑身战栗，笑声却在泪水中喷涌，只听他叫道：

---

① 原是俄语"躺下"的意思，准尉由于忘记了德语，以为用这种带德语口音的发音能让德国人听懂。

"怎么样，拿下了吗？……拿下了，是吧？五个姑娘啊，一共五个小姑娘啊，一共才五个啊！可你们就是过不去，你们哪里都去不了，你们就该死在这里，一个都别想活！……我要亲手杀掉你们每个人，亲手杀掉，就算上级饶过你们，我也要杀了你们！让他们来审判我吧！来审判我吧！……"

可是手臂疼坏了，实在太疼了，火烧火燎的疼痛感遍及全身，以至于神志开始不清。他非常害怕自己会失去知觉，于是死撑着抓住眼看就要消失的意识，竭尽全力抓住它……

最后那段路是怎么走过的，他再也想不起来了。眼前看见的是德国人飘忽不定的背影，东倒西歪，这是因为瓦斯科夫自己走路摇摇晃晃，像个酩酊大醉的酒鬼。其实除了四个背影外，他眼里什么都看不见，而心里却只有一个念头：一定要在失去意识前，按下自动步枪的扳机。他的意识犹如悬挂在最后一根蛛丝上，全身火烧火燎的疼痛感让他忍不住时时低吼。他一边吼，一边哭泣。他觉得自己已经彻底垮了……

直到他听见有人呼喊，看清迎面赶来的是自己人，他才放任自己的意识扯断了蛛丝。他看清了，来的是俄罗斯人……

尾　声

"……你好啊，老朋友！

你为了工作疲于奔命，而我们却在一尘不染的清幽之地垂钓。虽然可恶的蚊子实在让人受不了，可这里的生活是真正的天堂啊！来吧，老朋友，你哪怕低三下四去请个假呢，快到我们这里来。这里根本看不到汽车，也没有什么人烟。只有摩托艇每周一次突突突地给我们送吃的来，你整天哪怕赤身裸体地玩都没人管。这里有两个湖，风景美不胜收，湖里有鲈鱼，还有一条小溪，有茴鱼，游人可以尽情享用。至于蘑菇嘛，就更不用说啦！……

不过，今天摩托艇带来一个老头子。头发花白，矮墩墩挺结实，少了一条胳膊，陪他一起来的是个火箭部队的大尉。大尉的尊姓大名是阿尔贝尔特·菲多特奇（奇怪吧？）①，可他对老头子使用的却是纯而又纯的俄式称呼，管他叫"爹爹"。他们似乎要找什么东西，我没太关注……

……昨天没来得及写完，趁现在一大早我结束它。

---

① 阿尔贝尔特是德国人的名字，而菲多特奇则是由俄罗斯人名菲多特而来的父称，故有此说。

原来这里以前也打过仗。打仗的时候，你我都还没出生呢。阿尔贝尔特·菲多特奇和他父亲运来一块大理石墓碑。我们总算找到了坟墓，就在河对岸的林子里。大尉的父亲凭着自己做的记号找到了。我本想帮他们把墓碑搬过去，可终究还是拿不定主意。

这里的黎明静悄悄的，真的好安静啊，我今天才注意到呢……"

1969

鲍里斯·瓦西里耶夫生平简介

作家鲍里斯·瓦西里耶夫十七岁就上了前线。有一次接受记者采访时，他说："战争是残酷无情的。如果一个人经历过真正的战争洗礼，而不是躲在安全的大后方舞文弄墨，那么战争的印记会追随他终身。"伟大的卫国战争一直以来都是作家的创作主题，他的作品《这里的黎明静悄悄》《名单里没有他》《绝佳六人组》都成了战争文学的经典。然而对于瓦西里耶夫来说，战争似乎远非炮火纷飞、血流成河……

1924 年 5 月 21 日，鲍里斯·瓦西里耶夫出身于斯摩棱斯克①一个军人家庭。父亲名叫列夫·瓦西里耶夫，年轻时从军，第一次世界大战爆发前不久考入准尉学校。1915年，他作为军官被派赴前线作战。"十月革命"爆发后，与战友们的良好关系救了他一命。当时"白军"士兵们集体向布尔什维克的"红军"投诚，然而他们没有挟持作为领导的瓦西里耶夫，而是建议他一起投靠红军。内战结束后，瓦西里耶夫正式成为了红军的军队干部。这一段"转型"经历对作家的父亲显然产生过巨大的影响，以至于全家人都不愿意提及这段往事，也许这也是作家对战争的初涉印象。鲍里斯·瓦西里耶夫在回忆录《不平凡的世纪》里写道："我们家里从来不提往事，就好像往事从未存在过。所有记事都是从国内战争以后开始。至于以前究竟发生过什么，直到七十年代，妈妈和塔尼亚姑姑在父亲死后才有所述及，这还是我执意不懈请求的结果。"

作家的母亲名叫叶列娜·吉洪诺娃，出身于知名的贵族家庭。她的父亲是人民阵线成员，参加过大学生游行。革命时期，他自愿把家中的土地捐献给公社，但保留了祖传的地产和花园。这位外祖父的"高地庄园"离斯摩棱斯克不远，童年时期的鲍里斯·瓦西里耶夫很多时间就是和外祖父一起度过的，夏天还会住在那里。

在家里母亲主要负责孩子的教育。她给了孩子良好的家庭教育，不仅教他写字阅读，还教会他算术、物理和化学的基本法则，陪他学习外语。1934 年，童年作家被送到沃罗涅日②上学，而他的父亲也刚好被派去该市服役。鲍里斯·瓦西里耶夫学习起来异常轻松，高几年级的课程早已烂熟于心。他曾回忆说："我上学时异常寂寞，至少八年级之前都是这样。我几乎熟知那里教的所有课程，所以上课时备受煎

---

① 俄罗斯城市。
② 俄罗斯城市。

熬，别人听课时，我做课后作业，最终我开始逃课。"鲍里斯念完九年级时，战争爆发了。

于是十七岁的鲍里斯·瓦西里耶夫就上了前线。他与其他共青团志愿者们一起奔赴靠近前线的斯摩棱斯克，任务是抢救珍贵的历史文献。可到达目的地没几天，德国人就空投了武装伞兵。于是任务立刻发生了变化，他们顾不上文献，转而去保卫通往邻村的木桥。1941 年 7 月 3 日，鲍里斯·瓦西里耶夫和同伴们陷入了敌方的包围圈，经历了长达四个月的煎熬，才得以脱身。这是作家人生中第一次直面血淋淋的战场。

"那次陷入包围，印象中除了饥饿，还是无尽的饥饿。那时候你没有供给，没有通讯，没有援军，没有医疗，任何一个伤口都可能让你送命。还有疲倦和濒临死亡的无助感，就连做梦也是断断续续的，因为你睡觉的时候必须竖起耳朵，半睁着眼睛。德国人一直在路上巡逻，而我们必须在围困中找到出路，尽管这比登天还难，但只有这样才有求生的机会，虽然微乎其微，但毕竟有。"[1]

也许是残酷的战场让作家更坚定了保卫祖国的决心。1941 年 10 月，瓦西里耶夫终于脱困，顺利回到了苏军阵地。部队本想让未成年的战士鲍里斯回沃罗涅日家里，可他

---

[1] 引自鲍里斯·瓦西里耶夫的回忆录《不平凡的世纪》。

却请求去参加军事培训。领导满足了他的要求，鲍里斯·瓦西里耶夫便成了一名利佩茨克骑兵学校的学员。

经过两年的学习，瓦西里耶夫于 1943 年被分配到空降兵团，上了前线。几个月后，在维亚济马①郊外执行军事任务时，他遭遇了地雷。身负重伤的瓦西里耶夫被送往科斯特罗马②军医院接受治疗。由于伤势过重，医生禁止瓦西里耶夫重返战场。

瓦西里耶夫后来在《不平凡的世纪》中兴奋地回忆："我真的就像中了大奖。1934 年染了伤寒没有死；1941 年被围没有死；七次空降伞包都顺利打开；1943 年 5 月，最后一次在维亚济马战役中，我踩到了地雷，而身上竟然没有留下疤痕。"

在军医院里，鲍里斯·瓦西里耶夫认识了一位名叫德罗兹朵夫的指挥官干部，他建议年轻的鲍里斯报考装甲坦克和机械化兵军事学院。瓦西里耶夫补习完十年级的课程后，便于 1943 年 8 月考入了军事学院。没想到学院里女生人数占了绝大多数。五个学部中有两个全都是女学生。鲍里斯·瓦西里耶夫正是在那里结识了卓丽娅·波利亚克。他回忆道："我很快就注意到一个女孩，小巧玲珑的身段，穿

---

① 俄罗斯城市。
② 俄罗斯城市。

着长长的军装，年级列队时站在最左侧……我们经常去听音乐会，去博物馆，去看戏……上课的时候互相有传不完的字条。"

在列宁格勒实习时，瓦西里耶夫和卓丽娅差一点就踩爆了地雷。1945 年，他们来到防御前线试验自行火炮装置。作家在《不平凡的世纪》中回忆道："这时，我看见了盛开的勿忘我。想到昨天的战役异常艰难，我趁卓丽娅埋头专心查看战场时，一步跨过锈坏了的铁丝网，径直跑向勿忘我。差不多摘了一大束时，猛然发现了一根地雷线。顺着这根线看去，我发现了一颗地雷，而地雷上的导火索还没有拧掉。我一下子明白了，我竟然跑进了没有清完雷的区域。"最后还是卓丽娅领着瓦西里耶夫走出了雷区，她走在前面，因为作家那时候就是个深度近视。1945 年 2 月 12 日，相爱的两人终于喜结连理。

1946 年，鲍里斯·瓦西里耶夫顺利通过了论文答辩。毕业后，他被分配到斯维尔德洛夫斯克（即现在的叶卡捷琳堡）的乌拉尔重型机器制造厂，检验新型军事器械。小两口分到一套公寓，卓丽娅·波利亚克的父母很快就搬来和他们一起住。她的父亲阿尔贝尔特·利沃维奇得以在厂属诊所担任厂医。1952 年，瓦西里耶夫加入苏联共产党。

1953 年 1 月，爆发了震惊全国的"医生谋杀案"①。事态的发展导致斯维尔德洛夫斯克"反犹情绪"高涨。鲍里斯·瓦西里耶夫的岳父有犹太血统，因此病人拒绝找他就诊，而卓丽娅·瓦西里耶娃每天下班回家也需要有朋友陪同保护。

一次党员会议上，瓦西里耶夫被要求撰写一份关于"阴谋"的报告。据作家自述："我立刻就意识到，为什么他偏偏委托我撰写这份报告。个中原因一望便知。于是我回答：'我不会写这份报告。''我们早就料到你会拒绝。'图尔钦眼睛都不抬一下，笑了笑。'我会把你拒绝撰写报告的问题提交党员大会讨论。'"鲍里斯·瓦西里耶夫很快就被决定开除党籍，随后又被要求交还公寓中的一到两间房间，同志名誉法庭还要求剥夺他大尉工程师的军官军衔。

为了避开身边的麻烦，鲍里斯·瓦西里耶夫开始写作剧本。《坦克兵》成了他的第一部剧作。完稿后，作家抱着试试运气的心情通过邮局把稿子投给了苏军中央剧院。

"让我痛苦的并非恼怒，也不是仇恨，而是难以忍受的不公正对待。为了使自己稍微得到一点解脱，我开始写作剧本……创作的激情异乎寻常地高涨，我经常在车间里写作，

---

① 1953 年 1 月 13 日，苏联官方通讯社塔斯社发出通告：现已查明，……等 15 名医生是一个医生恐怖小组，是被美国情报机构收买和雇佣的奸细，他们用破坏性治疗企图谋杀斯大林、日丹诺夫等苏维埃领导人。

利用工作时间不停地写作，唯有被叫去接手另一批部件时，我才会稍作停顿……当时我以为，一旦州党委批准开除我党籍的决定，一旦莫斯科同意法庭撤销我军官军衔的判决，那我，还有我家里所有人，都将面临艰难的岁月。"①

然而作家又一次中了"头彩"，命运女神没有过于为难他。1953 年 3 月 5 日，斯大林去世。几天后鲍里斯·瓦西里耶夫被叫到区党委，通知他所有的控诉均被撤销，而由于他拒绝起草报告，所以给他保留了一个口头警告。

1953 年 4 月底，鲍里斯·瓦西里耶夫收到了来自苏军中央剧院的来信。文学部主任安东·谢格吉邀请他去剧院一谈，于是作家便趁着五月节假日赶赴了莫斯科。剧院正打算将《坦克兵》搬上舞台，但是必须按照剧院的条件对剧本加以改编。为此，剧院领导阿列克谢·波波夫解释道："剧本是您以观众的视角写就的，而编排需要舞台视角。可是您对剧院还没有任何概念，所以恳请您每天都到我们这里来。您可以随意旁观排练、戏剧和台词朗读。相信我，您一定能写好。"鲍里斯·瓦西里耶夫被这番话打动，当即决定从此献身文学事业，于是便辞去了工厂的工作。

1955 年，剧作已经做好了上演的前期准备。可是首演前不久，苏军政治部却下令禁演，而且没有给出任何解释。

---

① 引自鲍里斯·瓦西里耶夫的回忆录《不平凡的世纪》。

这部剧就此夭折，而且再也没有在任何其他场合上演。《戏剧》杂志本打算公开发表该剧本，并已重新命名该剧为《军官》，也在刊印中途被迫中止。

"不给出任何解释就封禁，或许也不算坏事吧？要是给出一大堆修改意见，我得花多少时间去修改啊，而且剧本最终逃不掉被枪毙的命运（这个机构向来说一不二，从不会改变自己的观点），而我还不得不听从于各种指示、小道消息和见解，疲于奔命地补充或者修改。可照我的脾气，我只会听编辑的，他们的意见我会修改，或者作为参考，而那些不假思索便脱口而出的意见，我从不会当一回事儿。"①

1955 年，鲍里斯·瓦西里耶夫进入苏联电影总局影视创作工作组。当时《戏剧》杂志总编尼古拉·波果丁在总局担任授课教师，刚好需要组建培训班，正是他促成了鲍里斯·瓦西里耶夫的文学创作入门。鲍里斯·瓦西里耶夫的第一部电影剧本三天就写完了。1958 年，这部剧本被拍成电影《例行航班》，讲述了一个两位相互敌对的司机之间的故事。回忆录《不平凡的世纪》中，瓦西里耶夫写道："我非常喜欢拍电影的工作，不仅因为自小就喜欢电影，而且我很清楚，这是我唯一一所文学学校，我将会在这里掌握文学工作的技巧。"

---

① 引自鲍里斯·瓦西里耶夫的回忆录《不平凡的世纪》。

剧作家此后一发不可收，先后写作了《敲吧，它会打开的》《欢乐运输线》《开端》《我的祖国，俄罗斯》和《漫长一天》。1960年，他成为影视工作者联盟成员。可是剧本写作的收入少得可怜，为了维持生活，鲍里斯·瓦西里耶夫和妻子还一起为《每日新闻》《同龄人》《少先队》《外国简讯》等电影杂志撰写画外解说词，也为电视节目《快乐机灵鬼》编写台词。

1967年，作家的第一部中篇小说《伊凡的快艇》完稿。小说讲述了伏尔加河上林木浮运工人的日常生活。他把手稿发给了《伏尔加》杂志，两周后就收到了拒稿通知："该中篇小说完全扭曲和抹黑了河运船队光荣的劳动者。"《旗帜》杂志同样没有同意刊印小说。于是朋友们建议瓦西里耶夫向《新世界》杂志投稿。虽然《新世界》同意刊印《伊凡的快艇》，但正式出版却拖延到了1970年。

1968年，鲍里斯·瓦西里耶夫开始潜心创作中篇小说《那个春天未曾有过》，故事讲述了一场实力相差悬殊的战役，几位女高射机枪手与德国人英勇作战，最终牺牲。小说以真实事件为素材：战争初期，七位负伤的战士抗击德国破坏分子，粉碎了敌方炸毁彼得罗扎沃茨克-摩尔曼斯克铁路的企图。战役结束后，仅一位中士幸存。鲍里斯·瓦西里耶夫在自己的书《我的马儿在飞翔》中写道："我突然想到，我的主角们完全可以不是男子汉们，而是几个年轻的姑娘啊。这么一想，小说的框架立刻就搭建起来了。战争中最艰难的就是女性，而当时就有三十万女性在前线作战！可竟然从没有人写过她们。"而作家的妻子便是小说女主角之一索尼娅·古尔维奇的现实原型。

1969年，小说完稿。瓦西里耶夫把手稿寄给了《青春时代》杂志。编辑二话不说便同意录用，并准备在最近的期刊上发表。编辑只是建议作者把小说的名称修改为《这里的黎明静悄悄》。原因是先前的标题听上去不够吸引人。

《这里的黎明静悄悄》终于使作家名声大噪。1971年，导演尤里·留比莫夫在莫斯科塔甘剧院首次编排上演了该话剧。一年以后，导演斯塔尼斯拉夫·罗斯托茨基又导演了同名电影。该电影一举荣登1973年苏联电影票房榜首，观影人次达六千六百万。

鲍里斯·瓦西里耶夫仍继续在《青春时代》发表自己的作品。1973年，他发表了小说《不要射向白天鹅》。故事讲述了一位诚实的守林人叶果尔，为试图阻止偷猎者而献出了生命。小说《不要射向白天鹅》原本正确的标题应是《不要射杀白天鹅》。纯粹是出于偶然，《青春时代》的编辑把"杀"改成了"向"。而作者事后却没有纠正，于是带"向"字的标题就一直沿用了下来。后来，作家又继续在该杂志上发表了《名单里没有他》《老兵》和《绝佳六人组》。

1976 年，鲍里斯·瓦西里耶夫写完了以战前时期生活为主题的《明天曾有过战争》。小说中，女主人公维卡是十年级中学生，也是一名坚定的共青团员，她的父亲被认定是"人民的敌人"。她就读的中学里，所有人都向她施加压力，逼迫她与父亲"划清界限"。她断然拒绝，最后自杀身亡。

作家回忆道："我每天工作十小时，写得飞快，文字从笔端流淌而出，几乎不加涂改。我知道，小说的文字效果很好，因为从我的朋友那里得到了验证。《青春时代》的编辑读完泪雨滂沱，所有人都反映良好，而且……而且已经排了版，可最终却没能问世。中央委员会意识形态处下了禁刊令，于是我的小说被删除，杂志也为此推迟了一个月才上市。"在作品中，瓦西里耶夫描写了年轻一代如何最终对自己的理想失去信心。审查机构是无论如何不能让这种作品付梓的，直到 1984 年，小说依然处于禁刊状态。

1985 年，话剧《明天曾有过战争》在莫斯科马雅科夫斯基模范剧院首次上演。两年后，苏联国立电影学院的毕业生尤里·卡拉根据小说翻拍了同名电影，也是卡拉导演的毕业作品。卡拉在影片中大笔墨描述了"高压政策"时期，并着重反映了新老两代人之间的矛盾冲突。鲍里斯·瓦西里耶夫也出席了电影首映式。这部电影后来获得了多夫任科"最佳战争爱国主义电影"金奖。而话剧版的《明天曾有过战争》是在伦敦国家剧院上演的。尽力促成此事的是著名的英国女演员瓦妮莎·雷德格瑞夫①。她出席了《明天曾有过战争》在马雅科夫斯基模范剧院的首演，对该剧赞不绝口。此后每次演出她都会来观看，并告诉鲍里斯·瓦西里耶夫，她一定争取让这出戏在伦敦上演。很快剧团就收到了伦敦巡演的邀请。瓦西里耶夫回忆道："《明天曾有过战争》在滑铁卢桥后方的国家大剧院上演，大获成功。第一场演出时，甚至不劳瓦妮莎翻译，因为观众席上坐满了俄罗斯人，其中不光有苏联大使馆的工作人员，甚至还有两次移民潮的俄国移民。"

1988 年，作家发表了长篇小说《婆娘列拉问你们好》。小说中，瓦西里耶夫细致而又细腻地描述了一位女性多舛的命运，她的一生跨越内战、没收土地生产资料及集中营等惊心动魄的历史时期。

1989 年，鲍里斯·瓦西里耶夫成为苏联第一届人民代表大会代表，此后便开始在第比利斯②反苏维埃集会调查委

---

① 瓦妮莎·雷德格瑞夫，1937 年 1 月 30 日生于英国伦敦一个演艺世家。2022 年，因其对戏剧的贡献而被授予大英帝国爵级司令勋章。
② 格鲁吉亚首都。

员会工作。平时所做的就是研读报告，或者听取目击者的证词。当他获悉，二十一名因抗议游行而遇难人员的信息被严密封锁后，他毫不留情地展开了对政府的抨击，并退了党。从那时起，作家开始对历史产生兴趣，并着手创作历史题材的作品。他痛陈道："以前，农民的意识里根本不了解，也不愿意接受历史。农民的历史往往上溯到曾祖辈那一代人就宣告死亡了，甚而有些人连曾祖父的坟墓在哪里都不知道。而现在发生的却是另一个极端。农民成了鼠目寸光的胜利者，他意识里需要的仅仅是眼前的利益。"瓦西里耶夫开始写作古罗斯题材的作品：《未卜先知的奥列格》《奥莉加，俄国人的女王》《斯维亚托斯拉夫公爵》。1989 年，作家有关1905 年革命时期犹太人经历的浩劫的小说《那一晚，那一早》付梓。

1997 年，作家荣膺萨哈罗夫"公民勇气"奖。他还获得了"祖国功勋"二级与三级奖章。2002 年，瓦西里耶夫成为俄罗斯联邦总统人权委员会成员。

2013 年 3 月 11 日，鲍里斯·瓦西里耶夫去世，享年八十七岁。

© Борис Васильев, «А зори здесь тихие... »
Simplified Chinese edition copyright：
2023 SHANGHAI TRANSLATION PUBLISHING HOUSE (STPH)
All rights reserved.

图字：09‑2022‑0058 号

图书在版编目（CIP）数据

这里的黎明静悄悄/（苏）鲍·瓦西里耶夫著；白
桦熊译. —上海：上海译文出版社，2023.10（2025.7 重印）
ISBN 978‑7‑5327‑9335‑8

Ⅰ. ①这… Ⅱ. ①鲍…②白… Ⅲ. ①长篇小说—苏
联 Ⅳ. ①I512.45.

中国国家版本馆 CIP 数据核字（2023）第 174498 号

这里的黎明静悄悄
［苏联］鲍里斯·瓦西里耶夫 著 白桦熊 译
责任编辑/刘 晨 装帧设计/张志全工作室

上海译文出版社有限公司出版、发行
网址：www.yiwen.com.cn
201101 上海市闵行区号景路 159 弄 B 座
苏州工业园区美柯乐制版印务有限责任公司印刷

开本 787×1092 1/32 印张 6.5 插页 6 字数 89，000
2023 年 11 月第 1 版 2025 年 7 月第 3 次印刷
印数：8，001—11，000 册

ISBN 978‑7‑5327‑9335‑8
定价：48.00 元